少爷小姐要争气

刘墉◎著

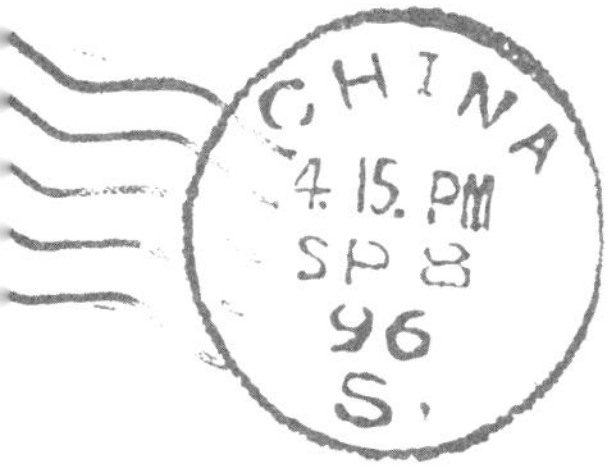

北京联合出版公司

CHINA

目录

在这个电子的时代，

少爷小姐愈来愈平等，

少爷不再能靠力量赢过小姐，

小姐也不必用撒娇扮演弱者。

手指一按键，

谁也不比谁慢，谁也不比谁强。

少爷小姐站在同一个起跑点上，

看看谁比较争气！

表面看这都是写给我女儿的信，

实际是写给每位少爷小姐的书。

今天的男生女生已经没什么差别，

小姐要超越，少爷得争气！

【前言一】

男生女生要平等

我早期的励志书都是以子女为对象，《超越自己》、《创造自己》、《肯定自己》是写给儿子的，《做个快乐读书人》、《小姐小姐别生气》和《跨一步，就成功》则是写给女儿的。没想到大家亲子间的问题差不多，这些书出版之后居然获得了热烈的回响。

忽然间，我的一双儿女都大了。刘轩早已是个社会人，声势一天天盖过他的“老爸”；我的女儿小帆明年也将由纽约哥伦比亚大学毕业，常神气地说她不喜欢别人称她为“刘墉的女儿”或“刘轩的妹妹”，又说保证过不了多久，老爸和老哥就会被称为“小帆的爸爸”和“小帆的哥哥”。

她也一副大女人主义，觉得男生能做的事女生也成，女生能做的男生还未必办得到。大学最后一年的暑假，她甚至想去北京参加战争影片的拍摄工作。我说：“女生行吗？”她则回一句：“马英九的女儿还不是跟着蔡国强搞爆炸？”我突然发现她早已脱离“总嘟着嘴生气的小女生时代”，她以爸爸和哥哥为假想敌，只盼早日实现自己的理想和梦想。

最近教师会紧急通知，说他们又要选《做个快乐读书人》为中学生优良读物，这已经不知是那本书第几度入选了。我一边赶着通知出版社印书，一边想：“奇怪！为什么教师会几乎选了我的每一本励志书，唯有《小姐小姐别生气》没选？”进一步打听，才知道因为我的书名没取对，当那书叫《小姐小姐别生气》的时候，等于把“少爷读者”全推到了门外。只是书里绝大部分谈的都是男女生共有的课题，我岂能因为书名，失去向男生建言的机会？

思忖再三，正好借机在大陆首次出版，我决定为这本书正名，成为《少爷小姐要争气》，而且做了上千处的校订，并加入了新的文章。

原先的《前言》依然保存，大家可以看看其实我自始就强调在这个时代，男生女生愈来愈没有差异，男生的孔武有力不见得吃香，女生用撒娇也讨不到什么好处。因为手指一按键，谁快谁“上去”，在计算机的世界男女平等。

看着自己的儿女都大了、飞了，知道当年教育他们的这一套，还能被新生的少爷、小姐使用，是多么值得感慨又欣慰的事！

刘墉于纽约

【前言二】

我是很温柔的老爸

自从我出版《做个快乐读书人》，就有很多朋友说我“重女轻男”、“疼女儿、逼儿子”。听他们说，我很少辩解，因为我自有调教孩子的原则。

对儿子，我是以要求自己的方式要求他。他是家里的男人，要帮助我修房子、整院子。当夜里警铃响起的时候，他应该立刻跳起来，跑在最前面观察。当他跟女士们出去的时候，到陌生的环境，他要走在前面；到熟悉的地方，他要走在旁边。

他不能怕输，不能随便落泪；因为怕输的人没有格局，落泪的时候就少了戒备。所以我在《创造自己》里对他说：“当你右眼被人打到的时候，左眼还要张开。”他得追求成功，不但要短期的成功，更要看得远，使自己能长期成功。所以我在书中借他母亲的话说：“没有豆子在上面，就不认他是豆子。”

我甚至在《超越自己》里讲出很狠的话：

“你必须成功！因为你不能失败。”

但是对女儿，我有点矛盾。

我希望她能做个快乐的妻子，将来被丈夫疼爱，所以当女儿说不知道会不会永远爱她丈夫，也不知道丈夫会不会永远爱她的时候，我会给她祝福：“相信你一定能找到深爱你，你也深爱的人。”

我希望她做个淑女，让男生服务。当电梯门开了，男士靠边站的时候，她不必犹豫，可以先走；当男生送她上车后，她不必伸手关车门，因为男生理当为她把门关上。

可是从另一个角度，我又希望她能做个女强人。

因为时代愈来愈进步，孔武有力的男生不见得吃香，娇小的女孩照样可以统治世界。而且我虽然祝福，却无法保证她的婚姻，我当然希望她未来能在经济上独立。所以我也以教儿子的方式教女儿。打球，我不总是让她，也会狠狠抽，使她尝尝输的滋味。她养金鱼，该定时换水，但我虽然早准备好清水，只要她不动，我就不动。眼看水脏，鱼死了，我仍然不动。

因为我要她负责，要她参与。是她养宠物，不是我养宠物。看电视，每天晚上六点半，我一定要她转台看世界新闻，就算不感兴趣也得看，因为我要她关心世界做个“世界人”。

读书，每个礼拜六，我一定为她检查中文功课，看她的中文日记和造句，因为我要她知道自己的根。

这本书就是在那复杂的情怀下写成的，有殷切、有属望、有爱怜，也有一点“假的纵容”。而我必须强调的是，如同《超越自己》、《创造自己》、《肯定自己》，我是透过自己儿子，写给每个人的儿女看。这本《少爷小姐要争气》，也是透过我女儿，写给每个人的儿女看。它经过策划，加入了我认为每个孩子应该知道的事——

在《当你遇见大野狼》里，我谈的是“自卫”；

在《生病就像下一场春雨》里，我谈的是面对病痛的态度；

在《你的嘴甜不甜》里，我教年轻人说话；

在《先奉献的爱》里，我强调的是责任；

在《校园枪响之后》里，我讲的是同学相处之道；

在《你何不换个角度》里，我教的是绘画与写作；

在《再试一次就成功》里，我谈的是百折不挠的人生态度；

在《虽然你喜欢，但是不可以》里，我教的是自制；

在《老天爷忘记的时候》当中，我说的是“大爱”。

整个说起来，这本书是“引导”，不是“训诫”。因为早期的引导，比孩子后来走错了，拉回来揍一顿、骂一顿有用得多。

这本书也是“疼爱”，而非“纵容”。因为“爱护”比“训诫”、“疏导”比“围堵”有效得多。

希望每位看这本书的师长或小读者，都能感受到我对年轻朋友深深的期盼与疼爱。

刘墉家书

【谈处世】

只要是毒品，
给你一亿美金，也不碰。
就算风险是零，也绝不改变原则。

露白的后果

今天下午你和哥哥一起坐火车去曼哈顿，为我买生日礼物。

这大概是你第一次单独和哥哥进城吧！听说你们先想为我买个电玩，又嫌我太老了；再想为我买个运动器材，又怕家里没地方放；最后终于挑了一件长大衣。

谢谢！那确实是我最需要的。而且穿起来挺合身，又看来很有精神。

你们吃完晚饭才回来，我问你哥哥请你吃了什么。

你说吃韩国烤肉，但不是哥哥请客，是各出各的。

我就把你哥哥叫来骂，说他赚那么多钱，又好不容易带妹妹进一次城，居然吃顿饭还要妹妹自己付账。

你哥哥就很冤枉地说是你坚持，又说你在路上就不断强调过年拿了不少红包，都没花，所以很有钱。他还叫你小声一点，别“露了白”呢！

“露白”，恐怕你长这么大还没听过这个词。

“露白”就是“露出白银”，意思是让别人看见你的银钱。这是犯忌的，因为当人羡慕你、忌妒你，想要你的钱，下一步就可能抢你、害你。

记得不久前我们看的那部得到奥斯卡最佳外语片奖的南非电影《救赎（*Tsotsi*）》（台湾译《黑帮暴徒》）吗？

里面有个混不良帮派、又偷又抢的大男孩，有一天抢了辆车子，开出很远才发现里面有个娃娃，天冷，他怕娃娃被冻死，只好带回家。居然一天天照顾，产生了情感，最后把娃娃送回父母的身边。

你记得那片子一开始，有个中年男士买领带，掏皮夹子，露出里面好多钞票，被不良少年看见吗？他们居然尾随，在捷运[1]上把那男人杀了，抢走他的钱。

一个皮夹子，能有多少钱？居然为此杀人，那几个少年未免太狠、太无知了！

但是你也要知道，很多时候，一点点钱也能让人产生杀机。因为那点钱对你来说或许微不足道，对别人来讲，或对别人在“那个时间”、“那个场合”而言，却可能值得他冒险。

你没听说才不久前，就有人为了卡债连抢几家超商吗？

---

① 捷运，即为平常所称呼的地铁，多为台湾用语。曼谷和新加坡也称做“捷运”。

他可能不是为了还债，而是为了吃饭。也可能因为“愤世”而一时走偏。

只是，他那“一偏”，可能毁他一辈子，也可能害人一生。

同样的钱，你可以把它看得很大，也可以看得很小。

你的命好，从小就不缺钱，所以把钱看得小，缺点是你可能因此容易“露白”。你哥哥则不一样，他生在铁道旁的违建区，从小由节俭的奶奶带大，到大学还去“二手店”买衣服，钱在他的心里很大。

为这个，我也操心，所以常对他说“钱是身外之物”，不要太在意。因为我怕他为钱，降低自己的水平，或放弃原有的坚持。

你要知道，这世界上有许多女孩子为了钱、为了保住收入不错的工作，而放弃自己的矜持。也有许多男人，只为了一点钱，放弃做人的原则，触了法。

正因此，我不止一次试探你：“如果有人要你带小小一包毒品。只是很小一包哟！不过手机那么大，也没有味道、不会被X光机或狗嗅出来，你只要带过海关，就能得到一万美金，你做不做?”

当你说NO的时候，我又会加价：“十万如何”“一百万如何”“一千万如何”。

每次你都想也不想便答："NO！"

然后我会说："对！这就是原则。只要是毒品，给你一亿美金，也不碰。就算风险是零，也绝不改变原则。"

说到这儿，又让我想起昨天看到的一 则新闻，英国一个中了千万乐透大奖的男人，发现好多女人亲近他，不是为了爱他，而是为他的钱。

为此，他装穷，穿廉价的衣服、请女朋友上快餐餐厅，终于找到"有真爱"的另一半。

孩子，记住！以后就算你真发了财，也千万别"露白"。

"露白"之后谈的恋爱，只怕 都不保险哪！

【谈读书】

书要读，梦也要做；
读书是紧，做梦是松。

台湾的一个团体邀请我作校园巡回演讲，我定的讲题是：读书最好，有梦相随。

朋友看到，笑说有问题，因为去掉了中间的标点，好像是讲读书最好能接着做梦。

我说这有什么错呢？没见前两天的报纸上才登，美国有个研究：两组人，一组上午九点钟上课，晚上九点问他们记得多少；另一组则是晚上九点上课，接着各自去睡，第二天早上九点再问他们记得多少。同样相隔十二小时，后者成绩好得多。可见读书要想效果好、记得牢，最好跟着去睡觉。

我这番话，只能作你参考，千万别书本一摆，就去见周公了。

但是，我敢说那些有成就的学者，绝不是死读书的，他们很可能像大思想家罗素所说，他想不出怎么写论文，就跑出去玩，玩回来就会文思泉涌。或像爱因斯坦，在他想通“相对论”

的前一天，离开办公室时还对朋友说只怕一辈子都搞不懂了，结果第二天一早就找到了答案。

更实在的例子是发现了苯环分子结构的凯库勒，他不是由梦到一条蛇咬着自己的尾巴，得到白天百思不解的答案吗?

可见书要读，梦也要做；读书是紧，做梦是松。

许多年前，有一首很流行的歌，叫《青春不要留白》，那时我常对学生说："对！青春不能白过，但是读书不一样，我们的脑海好像个仓库，不会管理的人，只知把东西堆进去，塞到连转身都不方便。会管理的人则知道分门别类，把容易坏的常拿出来检查，不堪用的扔掉。因此，仓库里有条不紊，不但进出货方便，空出来的地方说不定还能摆张乒乓球桌呢！"

所以，"脑仓库"的管理一定要留白，只知道博学强记，不断往脑里塞东西的人，在今天是不容易成功的。

我强调"今天"。因为这是个知识爆发的网络时代。最能成功的人不再是只知死记硬背，而是知道活学活用、怎么找数据、整理数据、利用数据的人。

今天也是个更要融会贯通的时代，你不仅要对自己本科的知识有专精，而且要把这专精与整个世界联机。今天你的视野要扩大，如同一个设计师，走进一栋要重新设计的房子时，他在脑海里先得把所有的隔间拆掉，使自己的创意能发挥。今天的医生，可以在美国作断层扫描，传输给印度的技术人员分析，隔天在美国给病人看报告。今天的企业主管，必须用整个地球思考，他可以在东半球构思、西半球制图、北半球打模、南半球制造，全世界营销。

何止“今天”如此，想想，孔子、柏拉图、亚里士多德，在他们那个时代，才有几本书好看？“汗牛充栋”的书简，加起来只怕不过一张光盘的内容。问题是，他们为什么能成为那么伟大的思想家？

因为他们既懂得“思而不学则殆”，更懂得“学而不思则罔”。于是在脑海里留下空间——思想的空间、梦想的空间、玄想的空间、完成理想的空间。他们在读几十本书之后，很可能就创作出一本自己的作品，而且超越他读的那几十本书。

相对的，却有不计其数的学者，焚膏继晷、皓首穷经，学问塞满一肚子，好像乱堆的仓库，该用的时候找不到，碰到问题不能以所学的解决；说得出一番大道理，却没有自己的创意。如果把书当做人生旅程的行囊，那些“死书”非但没能帮助他走得远、看得多，反而成为累赘，压得他没见到多少人生的风景。

我写过一篇文章——《摇一摇、沉淀的爱情》，意思是许多人在一起久了，爱情都沉了底，上面淡如白水，必须找机会摇一摇，使上面的白水与底下“爱情的果粒”重新融合。

现在，我要说“摇一摇、沉淀的学问”。当你发现书已经读死了，记不住了、想不开了，就暂时把书放下，看看外面的绿树蓝天，让思想驰骋，让理想飞扬，想想那书里有多少东西可以给你启发。而且你可以由读这本书想到读那本书，把相关的东西串起来。这样，书才能成为活的，成为你生活的一部分。它不但让你用来应付老师的考卷，更能应付人生的考试!

于是，你成为真正的爱书人，书为你实现梦想、打开心窗。

所以我说：读书最好，有梦相随!

【谈绑架】

「被告只想强奸她，并没有要杀她。」男孩的辩护律师说，「他们只是挡住她的嘴，不要她喊，但是事情过后，发现她已经断气了。」

每年的 Ash Wednesday[1]，美国的天主教徒常在额头上涂一点黑色的炭灰，表示不忘自己有一天会“尘归尘、土归土”，也对自己的罪表示忏悔。

你奶奶生前，每次看见脸上涂了炭灰的人，都会笑着说：“好好的，又没打仗，干什么在脸上涂灰啊！”

接着她就会说她那已经讲了几十遍的故事——

“小时候，军阀的大兵一来，就四处找女人，有些女人在路上让他们从后面骑马拦腰一抱，就抢跑了。我那时候才十几岁，也怕！都在脸上涂黑灰，躲起来。”

她为什么在脸上涂灰？那不是很丑吗？

她就是为了丑，为了不引起那些坏兵的注意，保护自己啊！

我今天说这个故事给你听，是因为晚餐时，妈妈谈到有个

① 即圣灰星期三。

朋友的女儿考上布鲁克林科学高中，她每天亲自开车接送女儿上下学。

“为什么不包计程车？”我问。

“如果是你，把女儿交给计程车司机，你放心吗？”妈妈反问我。又回头看你：“对不对？如果碰上坏人怎么办？”

你当时一瞪眼说：“如果有人敢欺负我，我就用裁纸刀捅他，我会把裁纸刀带在身上。”

一桌的人都被吓了一跳，但是不知道该怎么说。

幸亏婆婆开口了：“你知道张艾嘉的小孩最近被水电工绑架吗？那些绑匪勒索三千万港币，张艾嘉报了警，但是大家都保密，不吭气，经过十一天的追踪，终于在一家旅馆里把她儿子平安救了出来。”婆婆又说：“也真亏那孩子，才是个小学生，却那么机警。报上说他没骂绑匪一句，还主动跟绑匪打交道，说：‘你们只想要钱，只要我没事，我妈妈会给你们，你们要和她好好谈。’报上还说他唯恐遭到毒手，在有机会喊救命，却没十足把握的时候，忍着不叫，一直静观其变地等待救援。”

你知道婆婆为什么说这话吗？

她就是告诉你不要冲动。就算你对，别人错，当形势对你不利，你落在坏人手上的时候，也要忍着，免得受伤害。

想想！如果只有你一个小女生，用你的裁纸刀，能够跟坏人对抗吗?

如果你把他激怒，他夺走你的刀，用刀对付你，你是不是会受到更大的伤害?

所以你要学张艾嘉的儿子，在处于弱势的时候想办法保护自己。

什么叫保护自己?

保护自己是避免使自己受伤害。如果坏人要抢你的钱，就把钱给他；要抢你的手表、项链，就自己摘下来给他。

问题是，他如果要强暴你怎么办?

你今年十二岁，是我该跟你谈这事的时候了。相信在学校，老师也跟你们说过，这是一个有各种人的世界，有好人、有坏人，好人可能变成坏人，坏人也可能改邪归正。我们一生可能遇到各种状况，有幸，有不幸；有走运的时候，也有倒霉的一刻。

当你无可避免地遭到不幸，就只好逆来顺受。

记得二十多年前，我在台湾当电视台记者的时候，曾经采访一个中山女高学生被奸杀的案子。

几个不满十八岁的男孩，在戏台下，把那高中女生奸杀了。

“被告只想强奸她，并没有要杀她。”男孩的辩护律师说，“他们只是挡住她的嘴，不要她喊，但是事情过后，发现她已经断气了。”

那律师想用“强暴意外致人于死”的说辞，帮那些男孩减刑。

这案子后来怎么判，我已经忘了，只是常想，如果那女生在发现四处无人、呼救也没用的时候，能放弃挣扎，留住自己一条命，以后再把那些强暴犯抓出来，会不会更好?

不错！名誉是人的“第二生命”。

但是，“第二生命”毕竟不是“第一生命”啊！

何况她被强暴，是她的不幸，大家应该同情，所以不致影响她的名誉。即使会有抹不去的可怕记忆，毕竟她还能拥有完整的一生！

想想，那女孩功课好、人又漂亮，当然是她爸爸妈妈的掌上明珠，如你一样，是爸爸的小公主。

当她被人勒死，有多少人会心碎啊！

中国人常说“留得青山在，不怕没柴烧”。

什么是“青山”？青山就是身体、生命，当你能保住一命，就能开创无限的未来。相反的，如果你失去了生命，就算把坏人骂够了，也出足了自己的气，又有什么用?

中国人也常说“龙困浅滩、虎落平阳”，意思是即使你强为一条龙，猛如一只虎，但当你到了不属于自己的地方，也得屈居人下。

孩子！我可爱的小公主，我希望你永远是家里的公主，但也盼望你能知道自己总有离开城堡的一天。

你永远要知道自己在什么地方、有多大力量。也记住“柔能克刚”以及那最重要的一句话——

“留得青山在，不怕没柴烧。”

刘墉家书

【谈生死】

我们靠什么能面对自己的死？靠的就是从小到大，到老，经历那许多亲友死亡得到的历练，使我们看开了、看淡了，觉得「人都有一死」，大家都会走上这条路。

今天傍晚，我带你去医院看奶奶。

奶奶因为心脏衰竭住进加护病房，她的嘴上套着氧气罩，仰着头，用力呼吸。我们可以听见她呼吸时好像有痰，那是因为肺里积水。这积水更呈现在奶奶的四肢，爸爸拉着她的手，那手已经浮肿。所幸床边吊的尿袋里显示有不少排尿，可能缓解些水肿的现象。

接着我摸摸奶奶的脸，又抚一抚她的白发，奶奶的眼睛好像眨了一下，嘴里发出呜呜的声音，我对着她的耳朵喊："小帆来看你了。"并要你凑近奶奶的脸前。

只是，奶奶还在昏迷中，她自从中风就半身不遂，不能说话、行动，现在更没办法把眼睛睁大看你了。

看奶奶没反应，我又摸摸她的白发，在她的额头上亲了一下。

这时候你突然哭了，眼泪一下子爬满你的脸。我赶紧拿卫生纸给你，小声对你说："别哭！别哭！奶奶看你哭，她也会伤心的。”

你却抽搐得更厉害了。

才几天前，奶奶还会跟爸爸玩抓手、拍手的游戏。爸爸喂她吃冰激凌，她不但吃了好几口，而且没从嘴角流出来，妈妈还说她进步了，说不定可以不再用胃管。

谁想到前天夜里病情急转直下，医生说九十多岁的老人，整个身体机能都在逐渐“关闭”。

“看到奶奶突然病得这么厉害，我很伤心，可是我忍着，不哭。”下电梯的时候，我一边为你擦眼泪，一边劝你，“伤心，要藏在心里，这是一种礼貌。如果你哭得厉害，让别人见到，不知所措，说不定也陪着哭，在西方社会是失礼的。所以杰奎琳在肯尼迪的丧礼上没流泪，会获得许多媒体的赞赏，赞赏她自制的功夫。”

因为找不到停车位，妈妈在车里等，我们一上车，妈妈看见你红肿的眼睛，就问：“你哭啦？”

你先没答，隔了半天，突然说你本来不会哭，但是看见奶奶的手好肿，觉得奶奶好可怜，就哭了。

晚上，妈妈问我，不知道今天你去医院，会不会有心理的伤害。学校有咨商师，每个丧亲的小孩都会被找去，给予安慰和治疗。

我则对妈妈说，我觉得带你去是很对的，相信那一幕必定会留在你心里一辈子。这是很好的人生教育，告诉你人生是快乐与艰辛的，它可以很重，也很轻。

我这么说，你或许不懂，但是等你长大，就会了解了。

我们的一生，都在不断地相聚与别离。我们离开父母、离开家，有了朋友，找到爱我们的人，组织了自己的家庭。这时候，祖父母可能已经分别离开世界；再过许多年，父母也渐渐凋零。

看到祖父母的死，会使你受一次震撼，感受死别的痛苦。这个打击正可以使你更坚强，坚强得能够承受父母有一天逝去的打击。

当你把这些都经历了，再过二三十年，可能就轮到你自己的死了。自己的死，不是更可怕、更伤心吗?

我们靠什么能面对自己的死?靠的就是从小到大，到老，经历那许多亲友死亡得到的历练,使我们看开了、看淡了,觉得“人都有一死”，大家都会走上这条路。

如此说来，你今天不是正在上“人生的一课”吗?所以我觉得带你去看奶奶最后一面，是对的!

晚上，我辗转难眠，想到今天在病床边的你，是看到我亲奶奶的时候，突然哭出来。我想，你的哭可能不只因为觉得奶奶可怜，而是在我给奶奶的那一吻当中，勾起你许多联想。你会不会是想起我每天晚上亲亲你，你又亲亲我呢?

孩子！没错，有一天你可能也到我床前亲亲爸爸，而那时爸爸已经不再能回亲你。那天，我会比你先睡，睡得很熟很熟，睡成大地的一部分。

如果那一天到了，你要记住我今天的话——

“孩子！不要哭！孩子！不要哭！你哭，爸爸也会伤心的。”

【谈创意】

什么是创意？

创意常常是表现你独特的观点，那是一种创造。每个艺术创作都是「创造」，不是「拷贝」。

你何不换个角度？

今天下午我把好多画放在地板上，那些画都是附近中学生参加“中国人联谊会”端午绘画比赛的作品。

“真亏这些洋孩子，为了参加比赛，一定找了不少端午节的参考书看。”公公在旁边说，“不然怎么知道中国龙船是什么样子。”

当然也有些孩子显然只凭想象，心想“龙舟”一定像条龙，于是把西洋神话故事里的“喷火龙”画了进去。

也有些作品，一看就知道是中国孩子画的，因为除了龙船画得像，还在旁边写了好多中文字。

不过我不会因为知道是中国人而多给分，因为这是开放给各族裔的比赛。评的是技巧、创意，而非“族群的背景”。

我也不会因为有些人用艳丽的粉彩，有些人用淡淡的水彩，又有些人只用炭笔，而扣后者的分数。因为如果画得好，“黑白”也能胜过“彩色”。

正因此，这评审的工作真难，我站起来坐下去，走过来走过去，虽然挑出几张有代表性的作品，却难决定谁拿第一。

妈妈、婆婆和你都跑来了，每个人都表示自己的意见。你尤其欣赏一个中国学生画的水彩，说那最像龙舟竞渡，应该拿第一。

“如果你参加，你也会这样画，对不对?”我问你，“你也会在前景画很多观众，然后画水，再画水上一条条的龙船，对不对?”

你点点头。

但是我没给那张作品第一名。

当你知道我决定的时候，大声叫着问：“为什么?”

婆婆也说那张该拿第一。

我笑笑：“你们说得不错，我这样评，外行人，尤其中国朋友看，都可能认为不对。但是如果有内行人来看，就会知道原因了。”

我还对你说：“即使你参加，画成你欣赏的那张的样子，我也不会给你第一名。”

“为什么?”

“因为创意不够。”

什么是创意？创意常常是表现你独特的观点，那是一种创造。

每个艺术创作都是“创造”，不是“拷贝”。

所以我挑了那张看来好奇怪好奇怪的画。

他画了一个正面看的龙头、一个窄窄的船身，又画了两个正在挥桨的人和后面弯弯的船尾巴。然后是近处的白浪、旁边的龙舟和远处的水天一线。

说实话，我非常惊讶他能放弃一般人从侧面看龙舟的方法，而大胆地采取正面。他的观点特殊、技巧纯熟、构图美，色彩的安排又好，我当然给他高分。

孩子，你要知道在艺术的表现上，技巧是最容易学的，真正难的反而是观点。

观点就像画“龙舟竞渡”，你可以想自己是观众，画由岸上看到的场面；也可以想象自己在龙船上，画船上的景象；你甚至可以让自己像是一只鸟，飞到天空，从上往下看，看到一条条船，像是长长的小鱼，在水面破浪前进，四周则是一个个圆圆的“观众的头”。

除了画画，你在写作文的时候，也可以试着用不同的“观点”和“切入点”。譬如你写全班去植物园玩，可以按部就班地写——

“今天早上我很早就赶到学校，因为我要去植物园，我们九点钟在学校集合……”

你也可以从植物写起——

“从小我就爱花，尤其爱荷花，今天我真兴奋，一下子看到好多好多荷花……”

你还可以倒着写——

“平常我都是三点放学，但是今天五点才回家，虽然我既累又饿，但是我很兴奋，因为我们全班到植物园，享受了丰富的一天……”

你更可以从半路写起——

“哇！看到那一大片绿、一大片粉红，我叫起来了！植物园的荷花多美啊！为什么我以前都不知道？”

这些例子不就像你由岸上、由水上、由空中看龙舟竞渡吗？

艺术是活的，有着无穷的自由，随你去想象、去创造。所以当你平铺直叙的基本技巧已经不错的时候，就可以尝试由不同的角度来描绘。

再回头看看那些参加比赛的图画吧！

你是不是也觉得惊讶，第一名的学生怎么会想到从那个特殊的角度看龙舟？

你是不是也有点佩服他了？

他成功了，对不对？

【谈困境】

「你们走错了，今天演出是在布鲁克林大学的礼堂，不在我们布鲁克林音乐学院。」

「能不能告诉我们布鲁克林大学在哪儿？」

当我们落难的时候

孩子，我们今天真是糗大了，但是谁能想到会发生那样的事呢?

下午，妈妈先带你去洗头，梳了个英国古典的发型，早早吃完晚饭，再为你穿上白纱的衣裙，还上了一点淡妆。

我则准备好照相机和录影机，打算为你留个光荣美好的记忆。

那确实是光荣美好的，因为一个月前，你在布鲁克林音乐学院的钢琴比赛得了小学组第二名，今天要为优胜者举办个大演奏会。

我们事先约好了车子，准时来接，希望你在演出前能有个平静的心情。

“那地方我认识，布鲁克林音乐学院。”妈妈在车上对司机说，“上次比赛是我自己开车去的。”

于是，我们轻车熟路地穿过皇后区，再过桥到布鲁克林区。巧的是那司机也很懂音乐，一路跟我们讨论你演奏的曲子。

因为道路正施工，车子没能停在音乐学院的门口。

“确实是这里吗?”司机问。

“没错，我认识。”妈妈说。于是我们三个跳下车，沿着人行道走进音乐学院的大楼。

原先猜想，大楼里一定有不少盛装的宾客，可是进门，奇怪！冷冷清清，没什么人。

“我们是来演奏的。”我对门口柜台的人说。

那人一怔：“今天没有演奏会。”

妈妈吓到了，拿出通知书递给那人，他看看，苦笑了一下：“你们走错了，今天演出是在布鲁克林大学的礼堂，不在我们布鲁克林音乐学院。”

“能不能告诉我们布鲁克林大学在哪儿?”我追问。

那人居然摊摊手，还环视一下大厅，看看坐在门口长凳子上的几个学生：“你们知道怎么走吗?”

大家也都摇摇头：“很远耶！”

“走路过去要多久?”我急着问。得到的答案是：“不能走路，一定得坐车。”

我们立刻转身冲出门去，妈妈边走边拨手机，问送我们来的车子走远没有。车行说走远了，附近没车。我们只好站在街头等计程车。

正是下班时间，一辆辆车子飞奔而过，没有一辆是空的，冷风细雨夹着被车子卷起的落叶袭击着我们。

我把西装脱下来，给你披上，包住你里面的白纱裙子，看到你擦得亮亮的白皮鞋已经溅上了泥水。

等了十多分钟，没车。

我拉着你，说："不急，来！跟爹地走，我们到那边更大的马路旁边等。"

于是我们穿过马路和小公园，到布鲁克林大道。我心想，这条路叫"布鲁克林大道"，应该离布鲁克林大学不远。

一辆空车驶来，我老远就招手，又沿着街边跑，终于在三十公尺外把它拦住，你和妈妈则追了过来。

我们坐上车，觉得好温暖。可是车子才开动，司机听说要去布鲁克林大学的时候，居然摇头，说太远，而且在相反的方向，赶我们下车。

风更冷了，人冷，心也冷，我好紧张，已经不是怕赶不上演奏会，因为时间已经超过，我是怕你紧张、怕你着凉。

总算我们拦到一辆车。

车子先回转，在巷子里穿来穿去，再驶上高速公路。

“那么远吗？”妈妈小声问我。

我又问司机：“有必要上高速公路吗？”

“耶！”司机简短地说。

我可以感觉你冰冷的小手，也可以感觉妈妈的恐惧。但是我开玩笑地说：“只要在地球上，都会到的。”

我们没上“贼车”，他果然把我们平安送达，只是到的时候，音乐会已经开演一个小时了。

我们悄悄走进去，觉得好丢人，听到大厅里传来别人演奏的钢琴声。

妈妈蹲着为你擦鞋，我为你整整头发，你没有再去后台，直接由前台就上场了，因为正巧轮到你演奏。

我坐在后面高高的地方看你上场，觉得舞台好大，你好小。

小小的一个娃娃，鞠躬、坐下、调整一下椅子，开始弹奏你得奖的《Sonatina Op.20 No.I ~ Kuilau》。

我一边为你录影，一边揪着心，生怕你惊魂未定，会弹错。

你居然一点也没错，只是弹得力量不太够，特强的地方也表现不出来。但你的琴音仍然那么清晰，仿佛透明的水晶珠子落在玉盘上。

演奏完毕，你赢得满场的掌声。

可是，当音乐会结束，你却坐在第一排，没站起来。爸爸妈妈过去，才发现你在哭，因为对自己的表现不满意。

孩子，你的表现已经很令我们满意了。

今天，我们全家的表现也应该令我们满意了。

在迷途的那一个多小时里，没有人怨，没有人责怪，没有人慌乱，你一句话也没说，安安静静地站在冷风里等车。

音乐会的负责人也没怨我们。她甚至在结束之后，留下来陪我们，安慰你，直到接我们的车子出现。

你不觉得这个经验更值得记忆吗？

我相信你一辈子不会忘记今天的。这是我们在陌生地区，共同面对困难的经验；那一刻我们变得更坚强、更团结、更警戒，而且更彼此体谅。

直到现在，回到家，静下来，我们才自我检讨，为什么妈妈那么有把握？为什么爸爸没再看一次通知单？为什么我们三个人都认为比赛那次在布鲁克林音乐学院，演出就一定会在同样的地方？

我们都自以为是，都想当然，也都认为对方“已经看过了”，不是吗？所以，今天我们又学到一点——多么有把握的事，都得再确定一下。许多严重的错误，都是在“想当然”的情况下造成的。

还有，在最困难的情况之下，只要你镇定，仍然能有杰出的表现。刚才，报社打电话来，说你表演得很好，明天会有你的照片见报呢！

【谈交友】

双鱼座爱幻想，巨蟹座最爱家。一个爱漂泊、一个爱安定，看起来恰恰相反，却可以互补。

今天我们去吉普赛人开的店。

店里摆了好多稀奇古怪的东西，我买了一颗幸运石和三张书笺。

那书笺是用雷射制作的，从不同角度看，能呈现三度空间的效果。你的书笺上是个抱着瓶子倒水的人。妈妈的是个大螃蟹，我的则是两条小鱼，每个图画下写着密密麻麻的字，大概是形容那个星座的人吧！

“我属于很有主见，而且喜欢帮助人，又擅长数字、科学的星座耶！”你得意地对我说。

可是隔一下，你又跑来很不解地问：“奇怪了，为什么这上面说跟我最好的星座是双子座和天秤座呢？我的同学珍妮就是双子座，我不喜欢她；还有玛丽是天秤座，我也不欣赏。”

“双子座有什么不好？”我问你，“他们非常聪明，口才又好，只是可能因为太聪明，容易改变兴趣。”

“我不喜欢变来变去，我很专心。”你撅着嘴说。

“所以你们做朋友最好啊，一个专心，一个变化。在一起，既不会太死板，也不会太不安定。”我又问你，“天秤座有什么不好呢？像你哥哥就是天秤座，他们特别守法，适合当法官，只是有点太‘平’了，常常动不起来，有点懒。”

“对啊！”你叫起来，“我那个同学就懒。”

“她懒你不懒才好，”我说，“你才能推动她啊，好比我是双鱼座，你妈妈是巨蟹座，双鱼座爱幻想，巨蟹座最爱家。一个爱漂泊、一个爱安定，看起来恰恰相反，却可以互补。于是漂泊的人有一个爱家的人盼着、守着；那个不爱旅游的人，又有个爱漂泊的人牵着四处走走，不是太好了吗？”

孩子，什么叫朋友？朋友不见得是跟你完全一样的人，他们反而常跟你相反。

你或许爱山，朋友可能爱海；你的窗子或许朝东，朋友的窗子可能朝西。你们在一起就能有山又有海，同时欣赏不同的风景了。

孩子，你知道有人到犹太传统教派的地方作研究，发现在大舞会里，彼此吸引的男孩和女孩，往往是血缘关系最远的吗？

莫名其妙地，他们就会彼此欣赏。

研究的结论是，在那个封闭的社会，因为跟外界的接触少，血缘往往比较接近，为了优生，自然会找血缘差异大的人做朋友。

终生伴侣，都会不知不觉找那差异大的，凭什么朋友之间不能有很大的差异？

没错！我们都喜欢与自己志同道合的人，大家喜欢同样的食物、有着同样的兴趣。

但是当有一天，你遇到个跟自己完全不同的人，他可能来自得州，爱骑马；他可能靠近墨西哥，爱辣死人的 TACO①；又可能来自波多黎各，喜欢西班牙式的乡村音乐和嘉年华会。你起初觉得距离太远，合不来，但是相处久了，才发现原来他们的世界也很可爱。跟他们在一起，你的生活更丰富了。如此说来，他们不是你最该交的朋友吗？

记得你一两岁时，我们住在湾边的邻居是希腊人，他们总把希腊音乐放得好大声。

我们刚搬去的时候觉得烦死了，总奇怪，那么没变化的、叮叮当当、哼来哼去的音乐有什么好听？可是听久了，愈来愈顺耳，愈来愈听出其中的奥妙，愈来愈觉得美。

也记得我教美国学生国画时，常一边画一边哼中国流行歌曲。

---

① 炸玉米饼（或卷）。

有一天，有个学生很得意地说：“老师，我昨天好神气哟，我去中国城吃饭，餐馆里播中国歌，每一首我都能跟着哼，我的朋友惊讶极了。”

原来学生们跟在我旁边，听久也会哼了。

他们能画地球另一边的中国画，又能欣赏中国歌，不是生活也变丰富了吗?

说了这么多，相信你已经了解，为什么星座里最相合的，不但不是完全一样的，还常常是相反的。

你也该知道，这世上每个人都可以做朋友，每个人都有优缺点。你的短处可能正是别人的长处，别人的短处又正好是你擅长的，于是彼此帮助，更能成功。

希望你听了我这一番话，能试着去了解那些跟你不同的人，从他们身上看到你缺少的特质，也用你的长处帮助他们。

【谈说话】

「我最恨人家敲窗子了，我又不是动物园里的动物。他只要敲，我就装做忙，要他等；如果他再敲，我就找他麻烦，给他刁难。」

今天早上，我起床，发现家里一个人也没有。只好打你妈妈的手机。

手机是你接的。

“你们到哪儿去了啊?”我问。

“你难道不知道我今天要上中文吗?”你在那头喊，“我们正在去徐老师家的路上。”

晚餐前，我到厨房的柜子拿酒杯，你也过来，伸手往同一个柜子里摸。

“你要什么?”我问你。

你没答，从柜子里拿出一个碗，把碗在我眼前晃了晃，就转身走了。

早上，因为你正要去上课，我不好多说；晚上，又因为是吃饭前，怕影响你的情绪，我也没讲话，但是现在我必须对你叮嘱一番。

记得你上幼儿园时，老师曾经要你交一张通知给爸爸妈妈吗？

那通知是教父母怎么跟幼儿说话。

“幼儿们要听直接的、肯定的话。”通知上说“当孩子做危险动作的时候，大人不能说‘你要死啦？爬那么高！’孩子会因为听不懂而不知所措。搞不好，大人太疾言厉色，原本孩子抓得稳稳的，反而吓一跳，摔了下来。所以大人要对孩子说：‘快点下来，那样太危险了。’这句话因为直接，孩子一听就懂了。”

你还记得不久之前，学校发了一张单子，教你们怎么说话有礼貌吗？

那张标题为《好好表达（*NICE EXPRESSIONS*）》的单子上印着：

请！（Please ～）

谢谢你！（Thank You ～）

原谅我！（Excuse Me ～）

对不起！（I'm Sorry ～）

你好吗？（How Are You Doing ？ ～）

祝你玩得愉快！（Have A Good Time ！ ～）

那真太好了！（That Is Really Nice ～）

让我们轮流。（Let's Take Turns ～）

我会与你分享！（I'll Share With You ～）

来，跟我们一起坐！（Come And Sit With Us ～）

我能帮你吗？（Can I Help You With That？ ～）

来跟我们一起玩！（Come And Play With Us ～）

你是个好朋友！（You Are A Good Friend ～）

现在轮到你了。（It's Your Turn Now ～）

你那方面真棒！（You Are Very Good At That ～）

我喜欢你的点子。（I Like Your Idea ～）

我可以体会你的感觉。（I Understand How You Feel ～）

我们总给你留个位子。（There Is Always Room For You ～）

我现在就给你看。（I'll Show You Now ～）

祝你好运！（Good Luck ～）

记得那时候，你把单子拿回家，爸爸还觉得好奇怪——

“天哪！都上初中的孩子了，还教这些最基本的句子。”

但是今天我懂了。愈是当你们大了，有了主见，或进入青春期，愈得教你们说话的礼貌。

譬如你今天早上，对我说话，不是就不够礼貌吗？

当我问你在哪里的时候，你为什么不直接说“我们在去上中文课的路上”？相反的，你用了一句责难的话——“你难道不知道我今天要上中文课吗?”

孩子！你大了，应该知道说话的技巧。会说话的人，绝不是总以责难语气咄咄逼人的。

想想，如果天气冷，你穿少了，妈妈对你吼：“你想冻死啊?”是不是在感觉上远不如她对你温柔地讲：“今天天冷，多穿一点?”

想想，如果你在教室里开窗子，有同学对你喊：

“你不冷吗?你不冷，我们冷。”

是不是远不如她对你关心地说：“别开窗子吧！回头着凉了。”

“多穿一点”和“别开窗子”都是正面的句子，好比你上幼儿园时老师教我们对你说话的方法，不是很简单、很明确，感觉上比你用责难的“问句”好多了吗?

相对的，有许多直接而简单的句子，你又应该改为“问句”，才显得婉转。

譬如你问：“对不起，我是不是能离开一下?”

“对不起！我是不是能打扰您一分钟?”

“十分抱歉！您是不是能再说一遍?”

“是不是能麻烦您把胡椒递给我?”

这些问句不是“责难别人”，而是“责难自己”，表示“因为我有事，不得不离开”“因为我有问题，不得不打扰您”“因为我没听清楚，要麻烦您重复一遍”“因为距离太远，我得麻烦您帮个忙”。

你说，那感觉是不是比你直接讲“我有事，要离开”“我要问一件事”“你再说一遍”“把胡椒递给我”感觉有礼貌得多？

再谈谈你晚餐前拿碗那件事。

你知道中国人常用“颐指气使”形容人没礼貌吗？

“颐”是“面颊”，“颐指”的意思是用半边脸来指挥；“气”是“气音”，“气使”表示用“哼、嗯、喂”的语气使唤人。

西方世界也一样，当你指挥别人，却只有动作，没有声音的时候，是最没礼貌的。

举例来说。你去餐馆，茶杯空了，你最好对侍者说：“是不是麻烦您，帮我续杯？”或者一边指杯子，一边简单地问他：“我是不是可以？”（May I？）

除非那侍者距你很远，你叫他，会吵到别人，你绝不能只指一下杯子。即使指杯子，不说话，你也一定要看着他，露出笑容。

至于你去银行或邮局那些柜台外面有玻璃的地方办事，更要注意。不能用敲玻璃来引起对方注意，而必须开口说话。即使不得不敲玻璃，也必须伴随着说一声：“对不起！打扰您。”

好！现在回头想想，我要纠正你什么？

晚餐前，你把手横过我面前去拿碗，是不是不如开口问：“爹地，能不能请您把碗递给我？”

就算你自己拿了，当我问你要什么的时候，你是不是也应该开口说“我拿碗”，而不是在我面前晃一晃？

最后，让我告诉你两件有意思的事——

我念研究所的时候，有个在餐厅打工的同学曾经偷偷说：“如果有客人耍大牌，颐指气使，我就在他的菜里吐口水。”

还有一个在领事馆做事的朋友说：

“我最恨人家敲窗子了，我又不是动物园里的动物。他只要敲，我就装做忙，要他等；如果他再敲，我就找他麻烦，给他刁难。”

无可否认，这两个人做事的态度都很不对。但是你能不知道、不警惕吗？

没礼貌，除了显示自己没教养，还可能吃暗亏呀！

【谈竞争】

「冠军，就是能接受失败的人。爸爸妈妈常教我，无论做什么事，都要坚定、认真地去奋斗。你处理低潮的方法，会造就你下次的成功。」

今天你参加溜冰比赛的时候摔倒了，而且一次又一次。

我站在对面为你录影，看你退场，赶紧跑到出口，看见妈妈搂着你，而你正在哭。

“不要哭！不要哭！其实你溜得很好，表现得很细腻。”我安慰你，你却哭得更厉害了，眼泪像断线珠子似地滚下来。我今天换了衣服，口袋里没手帕，只好用手指头为你擦，可是一串泪还没擦完，又滚下来一串。

“不要哭了！人家会笑你。”妈妈板了脸，不过又接着对爹地说，“克丽丝汀也一下场就哭，因为她也摔了一跤。”

我们走进休息室，暖多了，可是你还直叫冷。从上场之前，你就说冷，我抱着你，甚至可以感觉你在发抖，但那时候你是因为紧张，现在比赛结束，进了有暖气的房间，为什么还叫冷呢？

我好担心，怕你才好的感冒又犯了。这一次你感冒连续发烧了十天，我们原先不想让你来比赛的。现在，一个阴影从我的心底浮起——你那次感冒，是从溜冰场回家就说不舒服，冬天溜冰会不会是你生病的主要原因？如此说来，我还能不能让你溜下去？今天回家，你会不会又开始发烧？

我正操心，你又说："我的手好冰，脚也好麻，都没有感觉了，所以摔跤。"

说着，眼泪又涌了出来。

我心又一惊，摸摸你的额头，还好！没问题，就一边为你擦眼泪，一边对你说：

"这样你就不用不高兴了啊！如果你是因为在冰上碰到不平的地方，或是冰刀钩到自己的衣服摔跤，你还能怨倒霉，可是现在你说是因为脚冻得发麻，不就是你自己的问题了吗？"

我蹲在你前面，盯着你的小脸说："不要哭了！你哭，流鼻涕，用手擦眼睛鼻子，回头招上感冒，又病，就更比不过别人了。你要知道，每个比赛都是比技巧、比耐力、比运气也比体力的。你有好的技巧，练习的时候做得再棒，如果受不了比赛的压力，也不可能发挥好。你技巧、耐力都行，却体力不如人，也可能失败。所以当你摔跤的时候，不要怨，而该想想你为什么摔。当你手脚冰凉的时候，也不要怨，而该想想你该怎样使它不冰。”

关颖珊在败给李萍丝姬的时候不是说吗——

“冠军，就是能接受失败的人。爸爸妈妈常教我，无论做什么事，都要坚定、认真地去奋斗。你处理低潮的方法，会造就你下次的成功。”

成绩公布了，你得了第三名，显然你很失望，因为上次你得第一。但是你没再哭，上台露出笑容，跟一二名的获奖者合影。

回家的路上，你比较开心了，但是又怨在不该摔跤的地方摔，而且都摔在同一只脚，是因为妈妈为你绑鞋带绑得不够紧。还说老师绑得最好，好紧好紧。

不是妈妈力气不如老师。爸爸要对你说，如果换我为你绑，也绑不紧。因为爸爸看妈妈那么用力绑，已经怕你脚痛了，所以我更不敢用力。

写到这儿，我突然有一种好奇怪的感觉。想到今天大家练习的时候，爸爸在场边盯着你看，一转眼，你就混在人群之中，不见了。

我也看到好几次，你溜得快，别人也溜得快，差点相撞。还有，你比赛时跌倒、再跌倒，我们都只能在场外暗暗地为你操心。

充满竞争的世界，摊在你的面前，我们只能给你祝福，却已经跟不上你的脚步了。

【谈青春】

你瞧！高年级的同学，好多人不是脸上一块红、一块白的吗？

那红的可能是正发炎的青春痘，那白的又可能是他搽药或扑粉掩饰的痕迹。

你是战痘一族吗？

“你要变成战痘一族了！”晚餐桌上，我对你一笑。

你抬起头：“什么是‘战痘一族’？”

“就是跟青春痘长期抗战的人。”

“我没长青春痘。”你摸摸鼻子上的小痘子，不服气地说，“这是包，不是青春痘！我以前就长过。”

“没错！是包，但是长了又长，愈长愈多的就是青春痘。”

我这么说，绝对没错。

青春痘本来就是毛囊脂肪腺发炎的包，爸爸会长、妈妈也会长。但是爸爸妈妈现在年岁大了，脂肪腺没那么发达，偶尔长一个才叫“包”。

你知道吗？有时候妈妈看我在挤“包”，还笑说：“这么老，还长青春痘，真年轻，真让人不服气。”

妈妈还羡慕我呢！

所以长青春痘是好事，代表你青春了。

青春的孩子，皮下脂肪变得更丰厚，也因此皮肤更丰腴、更耐寒、更不容易生皱纹，受了伤也更容易痊愈。

青春痘，就好像你人生的车子要远行了，老天爷特别为你加满油、打上蜡，使你能跑得更远，也显得更漂亮。

只是老天爷有时候加油加太多了，打蜡又打太厚了，不但你不需要，还造成你的困扰——厚厚的一层蜡，把空气里的灰尘都黏住了，反而看起来特别脏。

可不是吗？你瞧！高年级的同学，好多人不是脸上一块红、一块白的吗？那红的可能是正发炎的青春痘，那白的又可能是他搽药或扑粉掩饰的痕迹。

我十几岁的时候，脸上就常又红又白。尤其晚上洗完脸，皮肤血管扩张，每个痘子都像要跳出来似的，怎么看怎么不顺眼，我就站在镜子前面挤痘子，把里面的粉刺全挤出来。

粉刺出来，痘子就更肿了。我只好搽药消炎。有时候脸上东一块西一块涂满了药膏，你奶奶半夜看见，吓一跳，差点不认识自己儿子了。

第二天上学前，我还要站在镜子前面再处理一遍，把前一天没挤好造成发炎的痘子挤掉，再搽点药，才出门。

你信不信，我好几次就因为挤痘子花太多时间而上学迟到？

这不能怪我。哪个十几岁的大孩子不爱漂亮呢？只是这“战痘”实在不容易，常常愈要漂亮，愈不漂亮。

最不漂亮的是当你挤痘子，不成功，却弄伤表皮的情况。这时候因为表皮已经肿了，毛孔张不开，你怎么挤，里面的粉刺都出不来。而且因为挤伤了，它开始在里面发炎，肿得高高的。

更糟糕的是鼻头上长痘子，肿成一个大大的红鼻头，活像马戏班里的小丑。

碰到这种情况，就再也不能挤了。你得看医生，吃消炎药，从里面治起；严重的时候甚至得动手术，把发炎的毛囊切开、清理干净。至于比较轻微的，则可以在外面搽消炎的药物，等消肿之后露出毛孔，让油脂自然排出。

对！即使你不挤，那粉刺也会自己出来。

我发觉挤痘子与不挤痘子的效果差不多，甚至可以说，不挤可能还好些。

这件事，在我服兵役的时候得到了证明：

那两个月，训得昏天黑地；洗战斗澡，不过三分钟，连照镜子的时间都没有，哪还有闲暇挤痘子？妙的是那段时间不但没长什么痘子，即使有，也自己消失，没发过炎。

后来我常想，除了不挤痘子，比较不容易造成感染，军队里生活规律、从不熬夜，也是原因。相反的，进军队之前，通宵写文章或准备考试之后，脸上常出一堆痘子。可见长痘子，跟情绪和睡眠也有很大的关系。

晚餐之后，我把你叫到灯前，就着灯光，看了看你鼻头和脸上那两颗青春痘。

说实话，你的痘子，真是小 case，以我的“手艺”，一下子就能为你挤掉。

可是我没那么做，只是回房拿出一管 A 酸，要你晚上搽一点。因为我知道，硬挤是没什么好处的，挤坏了还可能因为脸孔太接近脑，把细菌带到脑子。远不如你好好注意生活规律、皮肤卫生，常洗脸保持毛孔畅通，同时在毛孔阻塞时，用 A 酸把角质层软化来得好。

晚上，我亲你道晚安的时候，你叫着：“小心！我搽了药。”

果然，看见你脸上两点白白的药膏。我笑了，你猜！我笑什么?

我笑你开始成为“战痘一族”，我也从你脸上想到自己的少年时。

我想，你是不是又要考试了，紧张了。还有，你十二岁，就要青春了。

然后，你的痘子会一一消去，你将进入人生的黄金时代！

【谈挫败】

用明天成功的快乐，去疗治昨天失败的伤痛。

而别把昨天失败的伤痛带到今天，造成明天再一次的失败！

我今天从台湾打电话给你，问你露营好玩不好玩。

你的语气好怪，说吃不好、睡不好，还要当服务生为别人端盘子，结论是："不高兴！再也不参加了。"

你放下电话气嘟嘟地走了，由你妈妈跟我谈。我才搞清楚，你其实不是为露营不开心，而是因为"自然"没考好。

"她准备得很好，可是没看清题目，一共只有两题，而且两题都没看清，只答了一半，所以才拿五十分。"妈妈说，"露营之前，她老师就宣布了分数，她那时还不知道看错题目，怎么也不相信自己只有五十分，就回家怨，说老师一定看错行了。接着去露营，她八成还放在心上，一路念、一路猜，心里不平，所以不高兴。"

大概妈妈的话被你听到了，你抢过电话喊：

"我就是不高兴，老师出题太诈了，一不小心，就看不到最后的题目，我要去跟老师说，我不是不会，是没看清题目。"

孩子，挂上电话，爸爸写这封信给你，要告诉你几个故事——

我二十多年前，在台湾的电视上主持了一个叫《分秒必争》的节目。那节目是益智抢答的方式，题目多半是我出的。

你知道我比你老师还诈吗?

我会故意出“著名文学作品《浮士德与魔鬼》的作者歌德，是德国人”。然后在念题目的时候，故意把“歌德”和“德国人”的“德”字，念得特别大声。

参加比赛的学生一听，就猜爸爸是想用“德”字相同来骗他们。

于是他们答：“不对!”

岂知道，歌德确实是德国人。

还有一次，我出了一串题目，先问了好几题，都是医学方面的问题，接着再问：

“中国传统所说的‘三多’是什么?”

作答的学生想都没想就喊：“多吃、多喝、多撒尿。”

岂知那是糖尿病的“三多”，不是中国传统所说“多福、多寿、多男子”的“三多”啊!

至于当我在美国教大学的时候出题就更诈了，譬如我在课堂上教学生：

“把贝壳放在烤箱高温烤过，再磨成粉，调上胶水，可以做成‘蛤粉’这种白色颜料。”

在出考卷的时候，就写——

“把贝壳放在烤箱里高温烤过，再磨成粉，调上胶水可以做成‘蛤粉’这种黑色颜料。”

十个学生有八个答“对”，你知道他们后来也跟你一样的反应吗?

他们大叫自己不是不会，是没把题目看完。

问题是，谁教他不看完呢?

这世界上许多致命的错误，都是因为想当然，没看清楚造成的。

最近一架声誉卓著、被认为最安全的航空公司的班机，在中正机场失事，死了好多人。你知道那是怎么造成的吗?

因为在大风雨中，飞机走上正在施工的跑道，滑行、起飞，撞上了工程的水泥栅栏。

机场其实早做了通知，告诉各航空公司，那跑道在维修，得改走另一条。只是，机长可能走习惯了，也可能因为施工的跑道上仍有灯，于是想当然地开了上去，也开上了死亡之路。

我还要跟你说件事。

有一阵子，爸爸在台北被人倒了笔钱，很不开心。一天走在路上，还心想着那笔钱，过马路不小心，差点被车撞了。

我突然醒悟——我何必为那点损失不开心呢？如果因此而闪了神，出了车祸，不是损失更大吗？

于是我不再去想那损失了，我知道留得青山在，不怕没柴烧，可以努力把钱赚回来，于是那损失非但算不得什么，反而成为我再奋起的力量。

想想！你今天的情况不也一样吗？

没看清题目，不是老师的错，是你自己的错，你应该由错误里学习，知道“想当然”是最容易出错的，于是以后凡事都能慎重，由头到尾先弄清楚，再行动。

人生有无数个考试，你也应该立刻放下心里的不安与不平，面对下一个战斗，而不是一直回头怨叹。要知道，摔下坑的人，如果一路走，一路回头看那个坑，只可能再跌入另一个坑。

你要先站在坑边，看清楚、想清楚，得到教训。接着就面对前方的路，再也别回头！

孩子！五十分已经考了，是无法改变的事实。但是如果你以后能因此而不再粗心，接下来考许多一百分，那五十分又算得了什么呢？

记住！

用明天成功的快乐，去疗治昨天失败的伤痛。

而别把昨天失败的伤痛带到今天，造成明天再一次的失败！

【谈自重】

要别人认真，尊重你，最好的方法，是你先以身作则，表现得一丝不苟。

你能想象我高中时候，借书给同学的一个经验，竟会影响一生吗？

那只是一本参考书。借给他，也不过两天。但是当书被还回来的时候，我翻一翻，跳了起来。

为什么？

因为“他”在书本空白的地方，做了许多涂鸦。

我问他为什么这样做，他居然理直气壮地说：“你不是也涂吗？我看你涂，所以也画几笔。”

我后来常想他的这几句话，发现别人确实总跟着你的脚步走。

你的家里乱，朋友来，也可能随随便便。

你家里一尘不染，朋友来，也会十分小心。

餐馆里吵，来的客人就跟着拉大喉咙喊，变得更吵。

餐馆里安静，大家也就尊重这份安宁，都轻声细语。

甚至我到四川的九寨沟都发现，在路上乱丢果皮、烟蒂的游客，进入九寨沟风景区，因为连车子都被规定在入口处作一番清洗。那些游客进去，也就谨守规矩，连说话都小声了。

自从有了这番领悟，我常利用这个道理来处世。

譬如跟朋友聊天，我会先问清对方下个约会的时间，到时候就算他说“没关系”，我也坚持结束。

我发现大家也因此很尊重我的时间。

教学生画画，每个礼拜学生来上课，总会看见我在墙上挂着新作；修改学生的作品，即使他画得马马虎虎，我也一丝不苟。

学生看老师用功、认真，自然也都很用功。

房子大翻修，除了监工，每天晚上我还会制图说明我的看法以及我建议的做法，然后传给包工看。

在院子里，我只要看到有野草就拔起来；见到有断落的枝子，也把它捡作一堆。工人和园丁发现我自己动手，总是加倍认真。

我发现，要别人认真，最好的方法是我先以身作则、一丝不苟。

印象最深刻的，是为我印刷画册多年的印刷厂。

十几年前，那还是个中型的工厂。有一天，他们向政府申请参加国际印刷大展，政府单位在电话里说："你们得先把印刷作品拿来审核，过关了，才能参加。"

临挂电话，又问一句："你们印过谁的东西？"

"刘墉的。"

那位新闻局的官员居然立刻说："那就不用送审了，你们已经通过了。"

当印刷厂老板告诉我这件事的时候，他笑道：

"跟严格的客户合作，虽然做的时候辛苦，但是也在不知不觉中进步啊！"

如今那印刷厂，已经成为股票上柜的大厂。

想想，我不是也曾尽过一番力，他们帮我，我也帮他们吗？

因为你抱怨乐团里有好多同学不认真，所以我说这些故事给你听，告诉你：

如果你发现别人不够尊重你，或希望别人与你合作的时候能够特别认真。你要做的第一件事，就是先尊重自己，而且加倍认真。

同样的道理，当你觉得父母总在后面盯你，令你不自在的时候，也要想想，是不是因为自己不够主动？

“人必自重而后人重之，人必自侮而后人侮之。”

【谈病痛】

病不可悲，可悲的是觉得可悲这件事。

愈生病，愈不能自怨自艾，愈要懂得逆来顺受。

昨天晚上我生了一炉火，你却走过来坐在炉边喊“好冷”。妈妈说你大概因为白天太累，叫你去洗澡。

洗完澡，你就睡了。妈妈要我摸摸你有没有发烧。我摸一下，不烫，就放心地跟妈妈下楼。

“小鬼大概因为明天社会科要大考，紧张。”妈妈临睡对我说，“她有这个毛病，一紧张就病，连上次出去滑雪，早上都发烧，但是隔天就好了。”

熄了灯，我不知为什么心不安，又回到你房间，再用太阳穴靠靠你的太阳穴，才发觉你真的发烧了。用温度计量，居然三十九度半。

天哪！我真是太粗心了，怎么第一次没摸出来呢？

妈妈喂你吃了颗退烧药，你坐在床上把药吞下去，又吐了出来。浑身发抖，咧着嘴直叫好苦好苦，不要吃了。

妈妈只好拿来药水喂你喝下去，你又直叫恶心，隔了许久才躺下。嘴里却一直念："明天考试，怎么办?"

"那有什么关系?"我安慰你，"生病了，就得在家休息。如果明天早上还烧，还得去看医生。"

果然你今天早上还发烧，可是带到门诊，看不出什么毛病，只是喉咙有点红。因为化验不出链球菌，医生连药都没开，说八成是感冒病毒，多喝水，自己会好。

回家的路上，你一直抱怨，说班上好多同学都感冒，坐你对面的男生一直对你咳。又怨交响乐团的一个同学，在你旁边擤鼻涕。

"有什么好怨呢?"妈妈说，"表示不是只有你一个人感冒，你还比别人强呢，最后才招上。"

"我最倒霉!"你说，"要考试了，却生病，还不如早点感冒。"说完，就哭了起来。

孩子，你的病、你的泪，看在爸爸妈妈眼里，多心疼啊!

但是我们也无能为力。

这世界上，别人最帮不上忙的，就是你的健康。你赶时间，我们可以开车送你；你抬东西，我们可以过去帮忙。但是今天你病，我们不能代替你生病。相反的，我们得更坚强、更小心，免得被你传染，失去照顾你的能力。

正因此，病是最无奈的。平常你要避免得病，一朝得了，只好泰然地接受。

对！你要“泰然”地接受，你一方面要跟病魔对抗，一方面又得跟“它”妥协。

生病有什么办法呢？病魔把你打倒了，你只好倒下，等到体力恢复，再重新站起来。

如果你倒在地上一直哭，对你“再站起来”会有什么帮助？

所以病不可悲，可悲的是觉得可悲这件事。

这句话你或许不懂，但是你记得吗？有位小学老师曾经来找妈妈，对着妈妈哭，说她对不起班上的一个学生。

那个孩子写字写得歪歪扭扭，又总是歪着头写，老师常骂他不认真。直到有一天，孩子说有一边眼睛看不清楚，送进医院，才发现得了脑癌。那孩子的家长和老师才突然惊醒，而且深深自责。

那老师对妈妈说，她带着几个班上的学生去医院探视，老师和家长坐在病房里哭，那病童居然拉着同学在走廊里跑。

“看到他不知道自己的病有多严重，我就更伤心了。”老师哭着说。

可是妈妈安慰她：“你应该想，所幸他不觉得可怕、可悲。想想，如果他是大人，天天坐在床上哭，不是更可怜吗?”

现在你应该懂了，为什么爸爸说：“病不可悲，可悲的是觉得可悲这件事。”

你愈是生病，愈不能自怨自艾，愈要懂得逆来顺受。

你知道我和哥哥都因为生病时逆来顺受，而得到好处吗?

我高二的时候，有一天半夜突然吐血，医生检查，吓一跳，已经是很严重的肺病，立刻办了休学。

我的学业一下子停摆了，连私人的国画课都不能去上了。

但是我在家自己画。没了老师的画稿临摹，反而逼得我自己创作。病好之后，我的画进步得连老师都大吃一惊。

我更用休学期间自修诗词，从“现代诗”到古诗，使得我在文学上有了很大的进步，大学时代就做了诗社的指导老师。

爸爸后来常想，如果不是因为高中休学一年，可能考不上第一志愿师大美术系，也不可能早早就成为诗人和作家。

连你哥哥都得了生病的好处——

那时候你还小，大概不记得了。他高三的时候突然得了水痘，因为怕传染给你，我们不准他下楼；两三个礼拜，他就一个人躲在楼上卧室，一边养病，一边准备高中会考。

结果他的SAT[1]几乎得到满分，而被哈佛提前录取。

想想，我和哥哥不是都“因病得福”，逆来顺受，非但没损失，还有了收获吗?

今天的天气特别暖，加上小雨，院子里的雪，一下子都融了，露出绿绿的草地。我突然想起古人的两句话——

“老年得病，如同秋雨，每场雨之后，就变凉一些；少年人得病，如同春雨，每场雨之后，就变暖一些。”

楼上传来你拉小提琴的声音。

我好像在你的琴音里听到更成熟的心情……

---

① SAT，全称Scholastic Assessment Test，中文名称为学术能力评估测试。由美国大学委员会（College Board）主办，SAT成绩是世界各国高中生申请美国名校学习及奖学金的重要参考。

刘墉家书

【谈经济】

「如果加拿大森林失火，非洲码头大罢工，对你会有什么影响？」

有人问老师为何考这样的题目。

老师回答：「因为我们希望孩子能从小就关怀世界，做个世界人。」

"你知道葛林斯潘是谁吗?"

今天吃晚饭时，我问你。

"不知道，我只知道小飞侠是彼德潘。"你说。

"喏！你看！他就是葛林斯潘，美国联邦准备理事会主席，被选为'对世界影响最大的人'之一。"我指指电视。

你转头瞄了一眼："他好老好丑，我不喜欢他。"

"管你喜不喜欢，你却不能不知道他。"我说，"因为他只要宣布利息调升或调降，就会影响到我们。"

"为什么?"你又瞄了电视一眼，里面正在讨论联准会降息的可能性。

晚餐时没空说，好！现在我就讲给你听，为什么那个丑老头会影响全世界。

我先问你，如果你想向银行借钱买房子，你是希望每个月付给银行比较多的利息，还是愈少愈好？

“当然愈少愈好！”

那么如果明天银行的利息变低了，原先你每个月要还银行一百块，现在只要还八十块，你是不是可能把握机会买房子？

结果你买了房子，要装修，去找小吴叔叔来装修，付给小吴叔叔钱；他有了钱，手头宽，就给他儿子比较多的零花钱；他的儿子拿钱到书店买爹地写的书；书买多了，我的收入是不是也会增加？

我有钱，会怎么样？

我可能带你们去欧洲旅行，住在当地的旅馆里。那旅馆原来生意不怎么好，突然旅游多了，旅馆老板是不是也变得比较有钱？

老板赚得多，给他太太的也多，太太拿去买衣服。那衣服是由中国进口的，做衣服的中国工厂是不是会比较赚钱？买衣服的人愈多，工厂开得愈大，请的人也愈多，是不是失业的人愈少？

失业的人少，大家是不是会比较快乐？

现在你回头想想，是不是只因为美国调降了利息，就好像打撞球，一个撞一个，影响了半个世界？

孩子！你现在已经进入初中，也应该开始关心外面的世界。

小时候，你只要作为家里的一分子。然后，你要成为班上的一分子、学校的一分子。再下去，你就要作为社会的一分子、国家的一分子，甚至世界的一分子。

这个世界愈来愈小了，你现在可以一上网就跟地球另一边的人交谈，看那里发生的事。以前隔一个山头就能换一种口音；隔一条大河，这边的事就可能传不到那一边。

但是，你看看，现在的口蹄疫、疯牛病，是不是一下子就影响了全世界？

十几个钟头，喷射客机就能绕地球半圈，也把“这半球”的病毒带到“那半球”。

金钱和战争的影响就更不用说了。波斯湾才打仗，汽油就涨价；金融风暴才起，人们就一个个失业。

你能不关心世界每个角落发生的事吗？

在台湾，有位政界的名人说他是“手中无股票，心中有股价”。意思是他虽然没买股票，但总注意市场的变化，知道股价的涨跌。

他为什么要知道股价？

因为股价反映了经济状况、社会状况，它影响了投资，也影响每个人的生活。

我觉得他的话讲得好极了。同样的道理，你今天虽然还小，在银行里没有存款，利率的涨跌跟你好像没什么关系，但是你仍然应该关怀整个社会的变化。因为你是其中一分子，那变化与你息息相关。

孩子！记得你哥哥小时候，他学校的老师曾经出了一个题目考班上的学生：

“如果加拿大森林失火，非洲码头大罢工，对你会有什么影响?”

有人问老师为何考这样的题目。

老师回答：“因为我们希望孩子能从小就关怀世界，做个世界人。”

我今天也要问你：“如果明天那个葛林斯潘老头宣布加息，对亚洲会有什么影响?”

希望你能关怀世界，做个世界人。

【谈积极】

有一天，每个人都说你没希望的时候，不要气馁，再试一次！

今天你的计算机出了问题，使你一直上不了网。

“一定是哥哥，不知道给我灌什么东西的时候搞坏了。”你嘟着嘴说，“叫哥哥回来修。”

“可是哥哥短期内不会回来，爸爸又不懂计算机，怎么办呢？”我说，“你再试几次吧！说不定就上得去了。”

“还是上不去。”你又试了两次。

“那就再试一次，说不定塞车，所以上不去。”

“上不去就是上不去，坏了就是坏了！”

我笑笑：“好！把机器先关掉，等下再上。”

可是隔不久，当我从书房出来，经过你门口，看你已经在网上跟同学聊天了。

“你怎么上去了呢？”我问。

“我不知道！”

好！现在我说几个故事给你听——

记得你哥哥小的时候，有一本漫画书，那上面列出一堆最让人得意的事。

譬如："你是中年人，有一天和老同学碰面，发现大家都比你看起来老得多。"

譬如："每个人都用尽吃奶的力气，还无法扭开的瓶盖，到你手上，轻轻一下，就开了。"

这开瓶盖的经验我也有，那时候看大家瞪着眼睛称奇，确实很得意。

可是，我发现这样打开瓶盖，不见得用了很大的力气，而是因为当那瓶子交到我手上的时候，早经过许多人拼命，几乎已经开了，只差那么轻轻一扭的力气。

我走运，正好碰上。

前两天，教育电视台播出爱尔兰移民专题，介绍一个早期爱尔兰的移民，跟他的朋友一起到个淘金小镇。

进镇前，主角问他朋友："我身上一文不名，你有多少？"

"我有五分钱！"朋友说。

"啊！好极了，我们是有钱人，可以挺胸进去了。"主角居然笑着说。

你知道这个人后来成为全美数一数二的富翁吗？

因为当时大家都在地表淘金，他却相信地底下也有，于是他往深处挖。

那工作比在河里淘洗金砂辛苦多了，而且每天只挖出一块块坚硬的石头。但是当别人放弃时，只有他坚持到底。

结果，他挖到一个绵延几百尺的矿脉，有金又有银，而且纯度高达百分之九十。

我已经很久不曾在台湾演讲了。这件事你一定知道，因为每次有人打电话来，妈妈接电话，都会说爸爸气喘，不能讲。

在台湾，我的秘书也一定这么婉拒别人。

但是你知道去年我破例讲了一场，而且是我亲口答应的吗？

为什么？

因为那天已经很晚了，我还在办公室，突然接到一个学生邀请我演讲的电话。

“你为什么这么晚打电话来？”我好奇地问那学生，“你怎么知道我会在？我很少下班之后还在办公室的，只有今天被你碰上。”

“因为我要试一试，而且我已经试过很多次了，您的秘书都说不行，可是我还要试一次。”那高中女学生说。

爸爸真感动，加上那阵子台北天气好，我比较不气喘，居然就答应她了。

提到电话。再说件事情给你听——

有一天我有急事要向一家出版社请教，就叫秘书打电话去。

“他们下班了。”秘书说。

“你怎么知道？”我问。

“因为已经七点半了。”秘书回答，“有哪家公司七点半还不下班哪？”

我一笑，问她：“那么，你现在在做什么？你不是还在上班吗？”指指电话，“你试试看！”

结果，电话居然通了，那家公司也在加班。

“你们居然也在上班啊！”他们老板笑了起来，“我还以为只有我们上到这么晚呢！”

两个人大概因为彼此欣赏那种拼命的精神，居然由请教、讨论，变成合作。

孩子，你知道我为什么要说这许多吗？

我要告诉你四个字——

再试一次！

挖一口井，在你放弃之前，再试一铲！

电话打不通，在你放弃之前，再试一次！

计划不成功，在你放弃之前，再试一次！

考试不过关，在你放弃之前，再试一次！

网络上不去，在你认定机器有毛病前，再试一次！

东西坏了，在你扔掉前，再试一次！

有一天，每个人都说不可能打开的瓶盖。把它接过来，再试一次！

有一天，每个人都说你没希望的时候，不要气馁，再试一次！

很可能，你这一试，就成功了。

刘墉家书

【谈宠物】

爱是要负责的，不是只让「对方」逗你开心，你要理就理，不理就不理的。爱需要耐心，需要恒心，需要谅解，需要宽恕。

今天我就猜到会天下不太平。

果然，你一进门就又哭又喊，接着跑来敲我的门，问我："'小银'为什么又死了？"

"我怎么知道呢？"我摊摊手。

我确实不知道啊，还是下午你妈妈来跟我说，你那条叫"小银"的鱼好像有问题。

我跑上楼看，才发现小银已经死了。

一个礼拜之内，你的四条宠物金鱼，已经死了两条，我也很纳闷儿啊！

四天前，我不是特别为你装了一大壶清水，教你滴"去氯剂"在里面，同时对你说，死了一条鱼，不知道是不是因为该换水了。如果直接换，控制不好温度，在凉水里加热水，又会造成水里的氧气不足。最好的方法就是先准备一缸水，放二十四小时，等水温变得跟室温一样，也就是跟你鱼缸里的水温相同，再换。

可是那壶水一直放在你门前，两天过去了，你都没提。

我不是昨天傍晚又问你是不是该给鱼缸换水吗？

你那时正在做功课，只应了一声“好”。接下来，吃晚饭、练小提琴，你就站在鱼缸前面拉琴，也没听你说要给鱼缸换水啊！

你现在怎能怪我没早换水呢？

孩子！鱼是你要养的，它们是你的宠物。既然你称它们“宠物”，你就应该宠它们。

你养宠物，爸爸妈妈已经够辛苦了。鱼缸是爸爸从店里抱回来的，鱼是妈妈去挑的，过滤器是爸爸组装的，水是我灌的，那些假水草和宝塔是我一样样放下去的。为了让它们站得稳，连爸爸宝贝的雨花石都拿去垫底了。又为了让你立刻看到美丽的缸景，我把骨董[①]柜的灯泡也拆下来，为你装在鱼缸顶上。

你说，从头到尾，你的工作是什么？

不过是喂它们，对不对？

喂鱼是你的特权，因为你喜欢看它们争食的样子，又说鱼认识你，会对你笑。

有一天我管闲事，帮你喂了些鱼食，你回家还发脾气，说

① 即古董。

我会把你的鱼撑死。

当你的“黑眼”死掉的时候，妈妈问你是不是因为喂太少，饿死的，你还反驳她：“鱼不知道饱不饱，它只会撑死。”又说你以前养的小白兔就是撑死的。

好！从那以后，我们再也没有喂过你的鱼，现在“小银”又死了，你是不是还认为它是撑死的，不是饿死的呢？

你是不是该打电话去水族店问问，到底一天该喂多少食物？

你是不是应该立刻请我帮你换水，而不是跑来责难我？

你哥哥小时候也养过一只天竺鼠当宠物。刚养的时候，哥哥天天都照顾，催着妈妈为天竺鼠买饲料，还每天为它清理大便。

可是没几个星期，他不宠了，不再管天竺鼠，每次他到地下室，天竺鼠认出他的脚步声，都会尖叫，哥哥却只当没听到。

照顾天竺鼠成为我和妈妈的工作。

直到有一天，天竺鼠死了，哥哥又好伤心地把它埋到后院，还放了一大块石头，说是为天竺鼠立的碑。

我问你，哥哥真爱天竺鼠吗？那天竺鼠又真是他的宠物吗？

当然称不上！你不宠它，怎能称它为宠物？还有，即使你宠它，如果只会逗它，却不照顾它、不对它负责，它仍然不能算是你的宠物啊！

孩子！爱是要负责的，不是只让“对方”逗你开心，你要理就理，不理就不理的。爱需要耐心，需要恒心，需要谅解，需要宽恕。

如果你照顾几天之后就不管了，如果你的宠物弄脏了屋子，或是咬你一口，你就生气，不要它了。你都算不得是有资格养宠物的人。

进一步想，如果有一天你谈了恋爱，只因为男朋友令你心烦、惹你生气，你就拂袖而去，你也算不得是个有资格谈恋爱的人。

孩子，别伤心了，你缸里不是还有“大金”和“小金”吗？

它们不是游得好快，看你走近，就赶快浮到水面吗？

来！我们快为它们换水加食吧！

来！打个电话向水族店请教请教吧！

如果你发现自己过去对它们的照顾不够，就为剩下的这两条鱼多付出一些吧！

【谈自制】

就算生气，也偷偷生气，别生气给别人看。这样，你才算成熟、才能担当大任，也才能演好人生的这场大戏。

前几天，你三姨由新加坡打电话来，问你有没有看过李安导演的《卧虎藏龙》，你说没有，三姨就叮嘱：

“你一定要看哟！里面的女主角章子怡跟你长得很像。”

哥哥在旁边，也说：“可不是吗？妹妹跟章子怡是有点像。”

从那天开始，你就嚷着要去看《卧虎藏龙》，虽然我们一直没空带你去，但是正巧，今天报上有一帧章子怡的剧照，我就拿给你：

“瞧！这就是章子怡，还真有点像呢！”

你接过报纸，瞄了一眼，笑笑：“是有点像，但是像我发脾气的样子，不像我平常，我平常才没那么丑。”

“问题是你好像常常在发脾气哟！”我逗你。

“因为常有惹我生气的事，我当然发脾气。”你居然又嘟起嘴。

想想，你还真爱发脾气。记得两年前，我出版《做个快乐读书人》，大家看了都说，书里的你好爱哭。

可是现在，我翻翻这两年来为你写的文章，你似乎又变得好爱生气。

考试考不好，要生气；功课太多，要生气；计程车不准时，要生气；连自己的桌子太乱了，也要生气。而且把气带到外面。甚至昨天晚上，铁板烧师傅在你前面作各种表演，你都不抬头看一眼。

大小姐！你这样就不对了。气，是你自己的事，你何必把气氛带给别人呢？

你当然可以说你已经看铁板烧师傅表演几百次了，不稀奇、不要看。但你也要知道，赞美别人，是一种应有的礼貌，你没发现我每次都为师傅喝彩吗？

你已经十二岁了，应该学习做人处世了，也应该学习隐藏自己的情绪。

隐藏情绪是礼貌，也可以见出你的自制力和修养。

举个例子，当奶奶病逝的时候，如果你到外面，参加同学的派对，心情不好，在那儿掉眼泪，就显示了你的自制力不佳。

你绝对不能说：“我伤心，我要哭就哭。”而应该想想，当你哭的时候，是不是会造成别人不安？大家会不会因此过来安慰你，而使原来欢乐的气氛受到影响？

中国人常赞美一个人能“不迁怒”。不迁怒，是不把自己的怒气发到别人头上。即使前一刻跟别人火冒三丈，后一刻，遇到与那件事无关的人，也能隐藏情绪，表现得若无其事。

我以前认识一个在外交部做事的女生，就有这本事。我亲眼看见，她前一刻在厨房跟丈夫吵架，几乎大打出手；后一刻端着菜，走出厨房，却笑嘻嘻地招呼一屋子的朋友。

她的脸就像那扇厨房的门，门里门外完全不一样。

我二十多年前，无意中从窗外看见这一幕，心想：“天哪！多假的女人！”

但是后来想想，如果她没那本事，而把怒气带到宾客之间，会是多么尴尬的场面。

谈到这一点，我也不能不赞美你哥哥。

哥哥上高中的时候，我的脾气很坏，有一天哥哥的同学找他出去玩。

哥哥没先得到我同意，就一口答应同学。我冒火了，与哥哥吵起来，甚至把拖鞋摔到墙上。跟着门铃响，他的同学已经到了。你哥哥居然打开门，笑嘻嘻地跟同学打招呼，又找个借口，推掉了约会。

那一幕，我看在眼里，觉得好佩服也好惭愧，我不能不佩服你哥哥的自制力，也惭愧自己都四十岁了，还那么控制不住情绪。

能控制情绪的人，才能有大的担当。甚至可以说，愈是高等动物，愈能控制情绪。

你看过动物影片里，狮子在草原如何狩猎吗?

它慢慢地压低姿势，向猎物移动。这时候你看它的脸，真是满布杀机。它的牙齿外露、嘴角上掀、瞳孔缩小。

但是它不叫。它能忍着冲动，冷静地一步步接近猎物，直到最有利的位置，才纵身而出。

还有，咱们家以前养的大鹦鹉，它平常都站在笼子外面，有时受了惊，飞起来满屋子串，最后撞到墙或玻璃窗，掉在地上，嘴角淌出血来。

可是当我过去，把手臂放在地板上，它居然都能心平气和地自己走过来，站上我的手臂。

每次我带它回笼，心里都紧张，怕它情绪不稳，咬我一口。可是，它没咬过一次。

所以我也佩服那只大鹦鹉，觉得它不愧是“猛禽”。

愈是“猛禽”、“猛兽”，愈安定，愈能做到“突然临之而不惊，以无故加之而不怒”，也愈能不迁怒。

噢！对了！记不记得我们看过的歌剧《西贡小姐》？

记不记得里面演那个坏蛋的中国演员王洛勇？《纽约时报》说他给剧中那个“皮条客”赋予了新的诠释，所以能从许多二线演员中脱颖而出，在百老汇挑大梁。

昨天电视新闻报道，《西贡小姐》经过六年的演出，终于要在百老汇落幕了。

新闻中也访问了王洛勇。你猜王洛勇认为演《西贡小姐》最难的是什么吗？

不是一年五十二个星期、每星期八场戏的辛苦，而是如何保持一样高昂的情绪。

王洛勇说得很好：

“你不能因为要报税了，心里不高兴，就让当天的观众倒霉，看你二流的演出。无论你高兴不高兴、身体舒服不舒服，甚至嗓子好不好，你都得维持同一种水平、作百分之百的发挥。”

说了这么多，大小姐！你听懂了吗？

以后别动不动就撅嘴。

就算生气，也偷偷生气，别生气给别人看。

这样，你才算成熟、才能担当大任，也才能演好人生的这场大戏。

【谈规矩】

打牌有「牌理」，游戏有「游戏规则」，各地有各地的民俗，当你参加那个属于大家的活动的时候，就不能不考虑约定俗成的规矩。

虽然你喜欢，但是不可以

今天你一进门就嘟着嘴说："法文老师不讲理。"

"怎么不讲理呢？"我问。

"她考法文，除了原来的题目，还出了个加分题，答对了可以再加十分。"你气呼呼地说，"我明明写对了，却只加五分。"

"加五分也不错了啊！"我笑笑。

"可是我认为应该加十分，就去跟老师争，她偏不给，所以我不高兴。"

"为什么不给呢？"我又问。

"她画了四格漫画，里面每个人说话的框子都空着，要我们自己想，自己填。我填得都对，可是老师说我的方向不对，所以只能算一半。"

"什么方向不对？"爸爸也不懂。

"就是从左向右看，还是从右向左看嘛！"你把考卷掏出来，指着那四格漫画，"老师说一定要从左向右看，我偏偏写成从右向左看。"

"中国人就常从右向左看啊！"我说。

"对啊！"你叫起来，"我就跟老师这么说啊！可是老师说法国人都是从左向右，不能从右向左，所以我认为老师不讲理。"

我当时不知讲什么好，但是现在我要跟你说几个故事。

我高二时，已经得了两次全台湾学生画展的大奖，人人认为我有绘画天才。

有一天，地理老师把我找去，说校外举行地图比赛，要我画一张去参加。

我兴奋极了，回家立刻动工，先打格子、算比例、用铅笔描出"等高线"，一点点着色，用黑色的笔勾出河流和城市，再以"宋体字"写出各地的名称。

足足花了一个多礼拜的时间，地图终于完成了，怎么看，都像一张印刷的，工整极了。

我得意地拿去给地理老师，猜想她一定会大吃一惊，不相信我能画得那么好。

老师打开地图，果然大吃一惊，但是接着她的眉头皱了起来："为什么原来应该低的地方是绿色的，高的地方是褐色的，你画的却相反呢？"

“我改了！”我得意地说，“您看！图例上我也改了，因为我觉得低的地方是城市，建筑物多，应该灰灰黄黄的；山上都是树木，所以应该是绿色。”

老师却把脸拉下来说：“但是大家都那么画，画了几百年了，你改变它，人家怎么看？就算看得懂，也看不习惯啊！”地理老师居然把我一个多星期的心血退回，连送出去试试都不愿意。

我永远不会忘记那天把地图带回教室，同学们都盯着我看的感觉。

大概就跟你今天一样吧！认为自己明明做得比谁都棒，却没得到奖励。想想，你今天还拿了一半的分数，我当年却连一分也没拿到，不是更惨吗？

如果你是我，你气不气？失望不失望？

那件事，我气了好多年。但是，后来进入社会，愈来愈成熟，愈来愈认识这个世界，就渐渐不气了。因为我开始了解，我们是生活在人群之中的，就不得不遵守人群里许多“约定俗成”的规矩。

记得我在大学时代，有一次参加辩论比赛，对方的人因为逻辑有漏洞，我没几句话就把他给辩倒了。可是成绩出来，我精彩的演出，却没得到最高分。

为什么？

因为评审老师说："规定每人发言三分钟，你只讲了四十秒，所以要扣分。"

"我四十秒就把他辩倒了，何必啰唆，硬拖上三分钟呢？"我不服气地问。

"因为这是规定，时间超过要扣分，不到也得扣分。"评审老师摊摊手。

同样的情况，当我参加画展，参展的办法总是规定尺寸，既不能大于多少，又不能小于多少。

我也曾经去抗议："既然是画展，就该让艺术发挥，一张好画，就算不过一尺大，也是好画，何必硬性规定？"

"我们几十年办下来，都这样。"主办单位说。

连出版画册，我都做过一件不讨好的事，就是为了表现得跟别人不一样，要求装订厂把书做大一点。

画册出来，人人叫好，也在画展上卖了许多。可是画展之后，送到书店，却被退回不少。

你知道为什么吗？

因为书的尺寸太特殊了，比标准的尺寸高了一厘米半，书店的架子塞不下去。

孩子！知道我为什么说这些故事吗？

我是要告诉你，在这个世界上，我们虽然可以照自己的想法去做，只要自己认为对，就勇往直前。但是也要知道，打牌有“牌理”，游戏有“游戏规则”，各地有各地的民俗，当你参加那个属于大家的活动的时候，就不能不考虑约定俗成的规矩。

中国人常说“入境而问禁，入国而问俗”。意思是当你进入一个新地方之前，应该先问问人家有什么禁忌；当你进入一个新的国境的时候，最好先了解别人的习俗。

你今天还小，还不会有这样的感触。但是当有一天，你走向外面的世界，就会逐渐了解那句话。

别为法文老师坚持漫画要“从左往右看”生气了吧！

因为那是法文啊！

说不定哪一天，你法文老师学中文，看中国古书，就不得不乖乖跟着你，从右向左看了！

刘墉家书

【谈取舍】

成长是学习取舍，成熟是知道取舍。

只有知道世上的事，有些办得到，有些办不到，不可能样样拿第一的人，才是成熟的人。

今天晚上，当我过去亲你的时候，你不但没回亲我，还对我做出很奇怪的声音，撅着嘴说：“不要捣乱嘛！我明天要考三科。”

看你没好气，我只好赶快躲开，但是当我跟你妈妈提起的时候，她却说她去亲你，你就没“作怪”。

所以，妈妈说你把爹地吃定了。

不管你是不是把爹地吃定了，爹地在这儿还是要跟你讲个道理。

你知道哥哥小时候也跟你一样，什么都想拿A吗？

他有一次准备个考试，熬夜熬到四点才睡。你猜结果他考了几分？

他没考到一分，因为他熬夜太累，第二天起不来，没去上课。

或许你要说，你从来都起得来床，熬夜没关系。但是你想想，前些时你碰上考试，却生病，会不会就因为K书K得太狠了呢？

自从上初中，你就很少能十点钟上床了。

这种情况，不会发生在小学，因为小学的科目统一，由导师控制。现在则是选修，常常有好多功课和考试挤到同一天，使你闲的时候没功课，忙起来又应接不暇。

这不能怪老师。

因为当你有一天进入社会，也可能今天闲死，明天累死。如果你不能在学校练就一身功夫，将来怎么应付？你必须知道怎么“积谷防饥、未雨绸缪”。

举个例子，我的出版社，必须随时注意库存，非但不能等到空了才印，甚至在还有很多存货的时候，就得提早印。

为什么？

因为下面很可能是月底，过了每个月的二十号，印刷厂常会为印杂志而忙得不能接件。所以我们必须算，如果下面是月底，没办法印书，仓库里的书够不够应付？不够，就得赶在二十号之前印刷。

在商场上，只有那些把“库存量”控制得恰到好处，既不积压成本，又能应付市场的人，才能成功。

谈到商场，你知道工厂常会因为忙中有错，而被罚吗?

我就曾经在一个朋友的办公室，看见他在电话里对别人致歉，表示愿意被罚钱。

那朋友放下电话，居然笑嘻嘻的好像没事。我当时好奇地问：“你被罚了钱，好像很不在意，真不简单。”

你猜他怎么说?

他说：“本来就接不了那么多订单，因为怕客户被人抢走，只好硬接，当然也难免出错。这些错是早就算在成本里的，有什么好不高兴呢?”

我后来常想他这几句话，甚至自我检讨!

过去我什么都要最好的，当诸事临头，不但接下来，而且想要样样完美，最后非但忙中有错，还可能把自己累垮。

这样划得来吗?

那位商场的朋友说得对。“只做一件事”和“不得不同时做许多件事”，你必须对自己有不一样的要求。

世界是公平的，每个人的时间都一样，你再聪明、再敏捷，也不可能样样完美。所以，你先得告诉自己，今天事情接得太多了，我不可能每样都拿A。

说到这儿，你又面临了抉择。当你不能样样拿A，又非得应付许多科的时候，你是让一科拿A++，其他都不及格呢，还是有些拿A，有些拿B就成了？

这必须由你自己决定。

从小到大，你不是已经做过许多取舍了吗？七岁的时候，你为了学溜冰，而放弃学芭蕾；最近，又为了学小提琴，而放弃溜冰。

然后，你再为了小提琴，而把钢琴由你的“第一乐器”，降为“第二乐器”。

既然你知道时间有限、精力有限，你不能什么都学、什么都好，又何必为了同时有好几科考试，有些考得好，有些考得差而不高兴呢？

孩子！成长是学习取舍，成熟是知道取舍。只有知道世上的事，有些办得到，有些办不到，不可能样样拿第一的人，才是成熟的人。

孩子！别总是为一下子功课太多、考试太多而焦虑不安了！

只要你在闲的时候，没有浪费时间，就允许自己忙中有错吧！

当爹地明天再去亲你的时候，可不许你再撅嘴作怪了。

刘墉家书

【谈学习】

如果爸爸妈妈真把你留在身边，不要你长大、不要你上学，你能不跟我们吵，甚至最后爬墙跑掉吗？

傍晚，下雪了。

你不停地跑到窗前张望，边看边顿脚：

“为什么不下大一点？”

“你喜欢看大雪啊？”我过去问你。

“我喜欢不上学。”你又顿了一下脚，“可是要下六寸以上，学校才会关。”

“你以前不是很喜欢上学吗？”我笑笑，“记得以前放假放长了，你还不高兴。”

“可是我现在不喜欢上学了，我喜欢在家。”

听你这么说，我一点也不惊讶，因为我像你这么大的时候，也不喜欢上学。

刮台风，大人都操心，我却很兴奋，甚至偷偷祈祷：“台风可别转向，风雨也最好大一点……”电线被吹断了，更棒！

在烛光前可以做各种手影，烛光下可以讲鬼故事。如果台风不过去，明天不用上学，今天还能晚睡觉。

当我将这往事说给你听的时候，你笑了。

说中你的心了，对不对？

问题是我要问你，如果今天下大雪、明天下大雪，连着一个礼拜都没办法上学，你是不是还会那么开心呢？

恐怕就不开心了，对不对？

为什么？

“因为功课耽误太多了，因为会好久看不到同学。”

想上学，又不想上学。这有多矛盾啊！但是我要说：“这并不稀奇，因为我们每个人都活在类似的矛盾当中。”

好比我们去旅行——

刚出发的时候，真兴奋！天天四处玩、天天吃餐馆。但是渐渐地，我们开始想家，当家门近了，又会说：“回家了！真好！”

你说，是不是跟你上学一样矛盾？

人的一生都活在这种矛盾当中；人的可爱，也就在有这“一动”与“一静”之间的矛盾。

小时候，你总想偎在父母的身边。但是当你长大了，开始往外看、往外跑，愈来愈觉得外面的世界才可爱。

所以中国人说“女大不中留，留来留去留成仇”。

如果爸爸妈妈真把你留在身边，不要你长大、不要你上学，你能不跟我们吵，甚至最后爬墙跑掉吗？

记得你哥哥在哈佛心理系的时候，曾经做了个试验——

他们把盐、糖、面、青菜，各种“好吃”与“不好吃”的东西，摆在许多幼儿面前。

那些娃娃自己用手抓抓这个、抓抓那个，放进嘴里。

有些东西，譬如盐，娃才放进去，就吐出来，甚至气得哭。

问题是，经过长期观察，发现那些娃娃虽然不爱吃，但如果是身体需要的，他们到最后还是会忍着咸、忍着苦，往嘴里送。

读书也一样，是人的本能。

你可能因为考试太多、功课太多、压力太大，或学的东西太枯燥，而不想上学。但是真给你自由，后来你却可能自己去求学。

你不是读过许多小牧童、小乞丐，躲在私塾门外偷听的故事吗？没人逼他们念书，他们正该高兴啊！为什么反而要偷偷学呢？

在英国有个“夏山学校”更有意思，他们随便孩子，要上课就上课，不想上课就出去玩耍，可是经过一段“玩耍”之后，绝大多数的孩子都回到了教室。

还有，你知道我小时候最羡慕谁吗？

我最羡慕王子。我想做王子真好，不会被逼着念书。

可是，后来有机会，看到清朝那些皇太子、大阿哥念的书和课程表，才吓一跳：“天哪！他们怎会这么辛苦、学这么多？”

说到这儿，电视里正播出野生动物的影片。

几只小狮子在追一只刺猬。狮子妈妈在旁边看，看小狮子被刺扎到，不断甩着头、在地上翻滚，想把刺弄掉。妈妈却不过去帮忙。

接着，是兀鹰的画面。那外号叫“食骨鹰”的大鸟，专找猛兽吃剩下的骨头。

它们把骨头叼着，飞到高空，再松口，让骨头落到地面摔碎，接着飞下去吃里面的骨髓。

一只刚会飞的小兀鹰，也试着叼骨头往上飞。只是骨头太重了，飞不起来。它换了块小骨头，却又因为太轻、太小，摔不碎。

它就一直试、一直试……

大鸟也没过去帮忙。

你知道我有什么感触吗？

我觉得你就是那只小狮子、小兀鹰，你被刺猬扎伤了，你叼不起大块的骨头。

你好累，只盼下大雪、不上学。

我不说话、不帮忙，也不责备。因为我知道，不必管你，你也会继续学下去。

连野兽都好学，何况你呢！

刘墉家书

【谈奉献】

中国人在这儿愈来愈成为主人。不是因为我们抗争，而是因为我们参与公益活动，为这个社会做出奉献。

今天真是破天荒，你八十二岁的公公和婆婆都上台表演了。当然还有你的压轴好戏。

下午两点，我们全家就前往老人中心。我最可怜，一到就被你们冷落在一边。

妈妈带着你去化妆，公公婆婆跑去做出场前最后的练习，我只好帮着慈济功德会的人排位子。

慈济人来了不少，全是我们这一区的，她们在厨房里跑进跑出，准备各种美味的素食和茶水。连那些高中的大哥哥大姐姐都来了，除了为老人们端茶，还准备在晚餐时服务。

白头发的老人们一一到了，都是附近老人公寓的，听说中国社团要为他们准备个新年餐会，都早早就报名参加。

多有意思啊！由“小小孩”和“老老人”，为老人们作各种表演，主持节目的则是个高中的中国女孩。

第一个节目是由四五岁的小娃娃表演采茶舞。那些娃娃真可爱，使我想起你小时候，到医院去表演山地舞给病童看。

由幸福的孩子表演给不幸的孩子看。每次我看到癌症病童们挂着点滴，欣赏你们表演的照片，就有很大的感触。

为什么这世上有那么多不幸的人？

为什么老天爷那么不公平？

如果老天爷没能公平，就让我们用人间的爱去填平吧！

公公和婆婆出场了，这是我第一次看公公表演。

讲句实在话，我很难相信军人出身、平常不苟言笑的公公，居然会跟着一群老先生老太太，一起演出“手语舞蹈”。

他们的表演也令我惊讶，手语舞蹈居然能那么美。

还有，由老人们脸上的表情，我看到一种特殊的祥和。

中国老人的表演赢得美国老人热烈的掌声，我觉得那掌声也很特殊，不但是老人为老人鼓掌，也是“上一世纪”为“上一世纪”喝彩。他们都是上一世纪的中坚，经历了二次世界大战，创造了人类史上最繁荣的年代，然后，到这一世纪老去。

经过古筝、功夫和彩带舞，终于轮到你们七个女生演出“连厢舞”了。那是你们练习三个月的成果，果然得到老人最热烈的掌声。

吃饭了。老人中心的安排很好，由义工一桌桌请老人去排队拿食物。再由那些大哥哥大姐姐，站在桌子后面，一勺勺为老人装到盘子里。

慈济人做的食物色香味俱全，当美国老人听说全是素食的时候，都惊讶得不敢相信。

我最感动的还是看到那些平常静不下来的大孩子们，排排站，亲切地为老人服务。

我发现海外华人的下一代，即使平常顽劣，只要有向西方人展示母国文化的机会，都会一下子成为“小主人”。

对！小主人。

在白人为主的社会，无论我们住多久，都有作客的感觉。只有当我们进入图书馆，站在中国书的部门，或是在中国节日，白人来做客的时候，我们才觉得真正成为主人。

但是我也要说，我们是愈来愈变成主人了。

因为图书馆发现中文书的出借率最高，而且大量买中文书；美国学校由早期小学里的“中国之夜”，延伸到初中、高中。我们家附近的高中，已经年年办中国之夜，而且完全由大孩子们自己组织，父母都不必插手了。

中国人在这儿愈来愈成为主人。不是因为我们抗争，而是因为我们参与公益活动，为这个社会做出奉献。

当那些原本有种族歧视的白人，发现每天定时到医院领取餐盒，再开车，为独居老人送饭的竟是中国人。发现在街头施粥奉茶的竟然是中国社团的时候，他们能不惭愧吗?

餐会结束，老人们兴奋满足地离开了。大家开始收拾东西。我在门口看见葛医生的太太，邀请我们去参加下星期的“大爱之夜”。

我对她说：“我们当然会去，因为我女儿也要在里面演出。”

然后问她为什么今天没见到葛医生。

“他临时赶去萨尔瓦多，那里大地震，慈济要他立刻赶去，这里还有好多人跟着要去救灾……”

听到她的话，你能不感动吗?

你能不以身为炎黄子孙而骄傲吗?

【谈关怀】

如果没有人被欺负、没有人被歧视、没有人被孤立、没有人去仇视，只有人被关怀，那校园凶杀还可能发生吗？

“老师说只要有同学威胁你，就算他是开玩笑的，也要向大人报告。”你今天一进门就说。

然后看看爸爸和妈妈：“你们一定不能随便听听，你们要小心听！”

“这是什么意思?”我不懂。

“老师说，前几天在圣塔纳高中开枪的那个男生，最少跟四个同学说他要带枪到学校，就因为那几个同学以为他只是说着玩的，没有报告，所以死了两个人，还有十三个受伤。”

然后，你拿出老师发的好几张剪报，剪报上还画着线、打着星星。因为老师不但要你们看，还得写阅读报告。

我翻了翻剪报，上面写那个行凶的高中生，因为个子瘦小，招风耳，嗓音又尖，常被同学欺负。同学不但打他、偷他的东西、对他吐口水，还用装了尿的水枪喷他。

报道中又说，那些被同学排斥的，被同学叫成书呆子、小瘪三的“边缘人”，也是最容易有暴力行为的人。

“所以以后不能随便欺负同学。”我感慨地说。

没想到，你立刻叫起来：“本来就不能欺负同学！那两个吐口水、用尿喷人的，都被打死了。”

隔了一阵，又过来讲：“还有那个学校的警卫。被欺负的学生曾经向他报告，警卫不但不听，还笑他，结果那个警卫也被他开枪打伤了。”

听你说了一堆，好！现在轮到我说了——

你说你绝不会欺负同学，我也相信你不会欺负别人，但是你敢说自己绝不会排斥别人吗？

你不是常讲，不欣赏某个男生，说他太皮，你讨厌他，他惹你，你就踢他。又说不喜欢哪个女生，因为她好假、好会装吗？

相对地，你是不是会特别欣赏几个人，总跟那几个女生在一块儿？甚至坐车的时候，都要挤在一起？

你知道，有时候你换座位，都可能成为排斥吗？

说件真事给你听——

前几年，我在台北成立了“青少年免费咨商中心”，有好多中学生来跟我聊天，倾诉他们最苦恼的事。

有一个女生，才比你大一点点，一边说、一边哭，原因是，她在班上被别的女同学排斥。

而她被排斥，却是由于她有一次在公共汽车上坐错了位子。

那一天，她和几个要好的女生一起上车，车上有空位，但是空位的旁边，已经坐了一个“她们”不欣赏的女生。

几个女生就说：“讨厌鬼在那儿，不要过去跟她坐。”

可是这女生看那位子空着，而且“那个女生”正露出邀请的目光，就过去坐了。

从此原来跟她好的女生居然不理她了，把她也列为讨厌鬼。气得她好几个晚上睡不着觉，功课一下子掉下来，甚至气得要自杀。

你说，是不是连坐车都能表现对别人的排斥，都可能伤害人，或被别人伤害？

孩子，你马上就要进入青春期了。

青春期就像春天，好舒服、好可爱，使你巴不得马上跑出去，享受那种春暖花开的感觉。

青春期的孩子，也渐渐有了自己的看法。开始觉得爸爸妈妈说得不一定对，反而同学说得有道理。

你会好高兴，发现好多同学跟你有一样的看法，父母不谅解的，他们谅解，他们由你的“知音”，成为你的“知心”。

渐渐地，你有什么小秘密，都不跟爸爸妈妈说，而去跟你的“知心”说。

于是，你们画出小圈圈，几个“志同道合”的，总是聚在一起。至于那些看法跟你们不一样的，甚至只是声音怪一点、肤色不同些，或是家里管教特殊一点的同学，都被你们排斥在小圈圈之外。

孩子，想想！如果有一天，你有了这样的小圈圈，那些被排斥在圈圈之外的同学会不会很伤心呢？

她会不会偷偷哭，觉得自己好孤独，人生好乏味？

你只知道她功课一落千丈、眼神里充满恨意，而且愈来愈不合群。岂知道，她的这一切，可能跟你有关？

孩子！我也有过青春期，那时候我念大同中学，总跟几个要好的同学，沿着新生南路，走路回家。

但是，我们从来不要另外一个同学加入，远远看见他也在路上，就故意放慢步子，把距离拉开。我们甚至偷偷用泥巴扔那个同学。

我们还编各种故事，讽刺那个同学，说他家养的猴子像他一样，小气贪心，有一次同学去他家，掉了一个五毛钱的硬币，立刻被猴子抢去吞进肚子。同学气了，过去掐住那猴子的脖子，叮叮当当，猴子居然吐出十几个硬币。

我后来常想，那个同学有什么地方不对？他一点没有不好，只是特别会K书，K书的时候不理人，又不“泄答案”给别人。

他是对的，没有不对，我以前为什么排斥他？大家又为什么要编故事去伤害他？我也常想，而今他在哪里？还可不可能见面？觉得对他有好多好多亏欠。

孩子！世界这么大，能够住在同一地区，进入同一个学校，真是了不得的缘分。

所以当老师告诉你们，如果有人敢恐吓你们，可以随时向师长报告，学校会立刻把“坏学生”停学的时候；当“家长会”催促学校装设各种监视设备和金属侦测器，防止校园暴力的时候。

我心里想的，却是教你怎么去关怀同学——

当你和同学笑作一团的时候，要注意那躲在角落没有笑的人；当你为成功高兴的时候，要安慰那些失败者。当外校转来新生的时候，别怕他跟不上，拖垮全班的成绩，而要想想如果有一天你自己成为转学生，会不会遭遇同样的困难。

还有，当你坐在一个位子上，看到别人招手要你过去时，你应该先跟旁边的人打个招呼，说：“对不起！他们可能需要我，如果你不介意，我就过去。”

你想想！如果没有人被欺负、没有人被歧视、没有人被孤立、没有人去仇视，只有人被关怀，那校园凶杀还可能发生吗？

【谈单亲】

在婚姻的路途上，我们都要有希望、信心、忍耐与自主。有希望，使我们能憧憬未来；有信心，使我们能做出抉择；有忍耐，使我们能度过苦难；有自主，使我们能不受摆布。希望你能想想我的这几句话，祝福你未来有个白头到老的婚姻。

她为什么不离婚？

晚上，我在听 CD 的时候，你过来抱怨声音太响，临走又加一句："为什么爹地总听这个人的歌？"

"因为她唱得好听啊！"我说，"而且我佩服她。"

"佩服什么？"本来你已经上楼，又走下来问。

"佩服她的忍耐力。她结婚十年，丈夫只跟她亲爱了一年，她忍耐了好多好多年，才离婚。"

"是先亲爱还是后亲爱？"你问了个奇怪的问题。

"当然是起初亲爱，后来就不亲爱了。"

你居然一翻白眼："那她为什么不早早离婚？"

"离婚？"

"大家不是都离婚吗？"你歪着脑袋说，"我同学好多爸爸妈妈都离婚了。"

我吓一跳，不知怎么答，却听你继续发表高论。

"像丽莎，她妈妈离婚，又交了个有钱的男朋友，搬到一栋大房子，真好！”

“天哪！”我摸摸额头，没继续说什么。

回到起居间，对你妈妈一伸舌头：“我的天哪！现在的小孩居然对父母离婚看得这么平常。”

你妈妈也耸耸肩，隔了半天，说：

“大概他们学校灌输给他们不少对父母离婚的看法吧！”

说着，妈妈掏档案夹，找出一张学校通知给我看：

“你瞧！这是不久前学校发的，每个家庭都有，建议那些父母离婚或单亲的孩子，去参加学校办的咨商会。由一群单亲的孩子在一起，各自说出心里的感觉。听说效果很好，原来因为父母离婚，心里很不平的孩子，看到有那么多相同遭遇的孩子，就不觉得怎么样了。”

“哦！”我看了看通知单，上面特别解释了为什么给每个家庭一份通知，即使父母没有离婚的家庭，也可以让孩子参加。

我觉得学校考虑得真周到，因为父母没离婚的家庭，并不代表没有婚姻问题，有时候冷战的父母反而给孩子更大的伤害。

那些孩子可能比单亲家庭的孩子，更需要心理辅导。

我也觉得学校这方面的教育做得很成功。

像你，自自然然地就不会以特殊的眼光看单亲家庭的同学，你不去刻意同情他们，他们也不需要你同情；大家一样，就如同每个人有每个人的家庭状况，有人富裕，有人贫苦；可以羡慕，不必自卑。

最近我读了一篇单亲妈妈蒋海琼写的文章，谈到她带着女儿刚到美国的时候，一个中国朋友说："你的孩子一点也不像单亲家庭出来的。"

那明明是句奉承话，蒋海琼却反问："难道单亲的孩子就应该有什么不正常吗?"

她讲得一点也没错！以不同眼光去看父母离异的家庭和单亲的孩子，就如同以特殊眼光看残障人一样，并不是最好的态度。

当大家都能像你一样，以平常心对待每个单亲同学的时候，才是最正常的。

我也记得不久前看过一份分析报告，说单亲的孩子一点都不比双亲家庭的孩子差。如果有什么不同，可能只是因为单亲的经济情况比较差。一个人赚钱，毕竟不同于两个人。

去除经济的因素，单亲家庭实在跟双亲家庭没有区别。甚至可以说，许多单亲的孩子，因为跟爸爸或妈妈相依为命，而有更好的情感，并且培养出他们更奋发向上的毅力。

你知道孙中山和华盛顿都是单亲吗?

（孙中山是早早跟着母亲去檀香山，离开了父亲。）

你知道托尔斯泰和川端康成是单亲家庭的孩子吗？他们却分别成为俄国与日本的文豪。

你知道孔子也是单亲家庭出身吗？

他居然成为全世界尊崇的圣哲。

连爹地都在九岁死了爸爸，跟你奶奶两个人相依为命，爹地一点也没觉得单亲家庭有什么不同啊！

但是说到这儿，我又要从另一个角度跟你谈谈。

记得三年前，我曾经把你抱在膝上问你：

“爸爸妈妈会不会永远爱你？”

你答：“会。”

我又问你：“那么你会不会永远爱爸爸妈妈？”

你也急忙点头：“会。”

我再问：“你会不会永远爱你丈夫？”

你想想，说：“会。”

我还问：“你丈夫会不会永远爱你？”

你想了半天，答：“不知道。”

去年，我又问你同样的问题。

你的答案多半没变，只是当我问“你会不会永远爱你丈夫”的时候。

你居然一笑，说：“不知道！”

我今天看了你对离婚的看法，再想想你的答案，实在有点为你操心。我真怕你把婚姻关系看得太淡，又把夫妻情感看得太可悲了。

毕竟你将来会谈恋爱，会找到你深爱、也深爱你的人，如果你连结婚的时候，都不能肯定你们的情感，又如何憧憬长远的岁月呢?

在婚姻的路途上，我们都要有希望、信心、忍耐与自主。

有希望，使我们能憧憬未来；有信心，使我们能做出抉择；有忍耐，使我们能度过苦难；有自主，使我们能不受摆布。

希望你能想想我的这几句话，祝福你未来有个白头到老的婚姻。

刘墉家书

【谈体谅】

每个人都有他隐藏的情绪。

当你关心一个人的时候，不但不能对他失常的行为不高兴，反而要帮他想：「他是不是身体不舒服，是不是遭遇了什么事？他今天对我这么不好，是不是因为他考试考坏了？他今天这么凶，是不是因为在家里挨了骂？」

当大家脸色不好的时候

今天晚上我们看了一部哈里逊·福特早期的电影《*Regarding Henry*》。他在片子里饰演一个纽约的名律师，思想细密、词锋锐利，能够在陪审团面前侃侃而谈，把明明会输的官司都打赢。

他不但在法庭上凶悍，连对十二岁的女儿都不放松，他把孩子送进严格的住宿学校，挑剔孩子的一举一动，连孩子打翻一杯果汁，都要被他当做罪犯来审问。而且在训完话之后，得意地说：

“看！我赢了！”

但是，片子里哈里逊的运气不好。有一天晚上他去买烟，遇上抢匪，被打了两枪，一枪打在前额，造成他左边瘫痪；另一枪更严重，因为打中腋下的大血管，造成大出血，脑缺氧……

在医院醒来，他什么都不记得了。不能说话、不能行动，甚至连妻女都不认识。

他得一切从头开始，学说话、学步、学识字、学认人。他真是“重新做人”，连个性都改了，成为一个“新人”。

当他重新能够阅读，看到自己以前的档案时，他惊住了：“为什么我以前把重要的证物藏起来，昧着良心，打赢官司？”

他居然偷偷把证物送给“苦主”，使苦主能够平反。

然后，他辞去了过去热爱的律师工作。

看完电影，我问你：“这电影里你印象最深刻的是什么？”

“是那律师生病回家之后，女儿打翻了果汁，他不但不生气，还说：‘那有什么关系？每个人都会犯错。’接着开玩笑地把他自己的杯子也推倒。”你说。

“对！我也觉得那最有意思。”

“好奇怪！他生病之后全变了。”你又歪着头说，“要是以前，他一定会把女儿骂死。”

“是啊！”我一笑，“所以有时候你觉得爸爸妈妈脾气大，要想想，说不定那只是一时的情绪。所幸我和妈咪的脾气多半的时候都很好，对不对？”

“对！”

我们的情绪确实多半都很好，但是我必须承认每个人都有情绪高潮与低潮的时候，那是无法避免的，可能像片中的哈里逊·福特，因为工作压力太大，而脾气不好，也可能因为身体太累而情绪不佳。

记不记得上上礼拜，我们一家去花圃买花，回程我问妈妈要不要换哥哥开车，妈妈说不必了。然后我对哥哥说：“你妈不舒服，换你开。”

哥哥不信，问妈妈是不是不舒服，妈妈摇头说没有。

可是当我坚持，要妈妈在路边停车，换你哥哥开之后，你妈妈终于承认她的头好疼。

记不记得哥哥当时不高兴地问妈妈为什么不早说？又很奇怪地问我：“你怎么知道妈妈不舒服？”

“因为她在花园的脾气有点急，所以我急着往回赶。”

还有，前几天郑医生请客，吃到最后一道鱼，我说鱼太好了，要你无论如何吃一点，然后给你夹的时候，妈妈阻止我说：“她吃饱了，就别勉强她了。”

那时候我就知道妈妈一定胃痛，因为她的脾气急了。

果然，才回家，妈妈就抱着肚子，躺在床上。

不但妈妈如此，我也常有情绪不佳的时候。

记得妈妈有一次跟你哥哥打电话，对他说：“你爸爸最近总提到你，他一对你放心不下，我就知道他的老毛病又犯了。”

你说奇怪不奇怪？当我操心哥哥的时候，你妈妈反而回头来操心我。

问题是，她说得一点没错，我确实在身体不好和情绪低潮的时候，特别会操心你哥哥。

我说这些，是要你知道，每个人都有他隐藏的情绪。当你关心一个人的时候，不但不能对他失常的行为不高兴，反而要帮他想："他是不是身体不舒服，是不是遭遇了什么事？他今天对我这么不好，是不是因为他考试考坏了？他今天这么凶，是不是因为在家里挨了骂？"

当你这么想的时候，你就非但不会怪他，还会去同情他、安慰他。这比你去怪罪他、责难他，使他雪上加霜，不是好太多了吗？

孩子！人是很奇怪的动物——耳朵不好的人，常对你说话特别大声；眼睛不好的人，常怪你的字写得太小；堵车的人常脾气急；饥饿的人常火气大；健忘的老人常多疑；疲困的小孩常爱哭。

所以每当父母的脾气急、公公的脸色坏、婆婆的声音大、老师的情绪低、同学的礼貌差的时候，都想想我今天对你说的。

你一定就能像个小太阳，从那些乌云的背后，露出你的笑脸了！

【谈学习】

那些书是不是也因为我常翻、常读，伴我食，随我眠，而有神？抑或它们还只是一本本冷冷的书，没有生命，早被遗忘？

你的书里有神吗？

你的钢琴老师江天，昨天来教琴，当你去找琴谱的时候，他就很高兴地自己演奏起来。

“史坦威专属演奏家”果然不凡，整个房子都充满他热情洋溢的琴音，尤其弹到强烈处，连地板都震动了。

“这琴还可以吗？”看他告一段落，我过去问。

“很不错！很不错！虽然你说已经买十几年了，可是一弹就知道，没经过我这样的人弹过。”江老师笑着说。大概看我不太懂，又加了一句：“就是像我这样专业的人砸过。”说着，双手挥舞，“砸”出一串音符。

“经您这样用力弹过的琴，会不会容易折旧？”我问。

“差的琴会，但如果是好琴，砸上两年，感觉反而更好。”他伸手到琴盖下，指指里面的木槌：“这槌上棉垫子的撞击会不一样。”歪着头笑笑接着说，“说不上来，反正就是不同。有一种更充实饱满的感觉，那是‘有神’。”

他这番话使我想起有一次在台湾跟朋友去郊游，大家坐在大石头上聊天，朋友两个顽皮的儿子闲不得，攀上旁边的大树。

“下来！”朋友的太太吼，“危险！”

“他们是爬树专家了。”朋友不以为然地说，“成天看见他们在公园里爬树，你不是都不管吗？”

“公园里的树不一样！”

“有什么不一样？”

“公园里的树，从小树就一堆孩子拉着枝子荡秋千，一路玩、一路爬，那树早习惯了被人爬，孩子也都习惯了爬那棵树，当然不一样。”朋友的太太一边说，一边过去把那两个孩子拉回来，“树也有灵性啊！你们懂吗？这叫有神！”

提到有神，记不记得会来咱们家做客的熏仪，她有一阵子专门研究布袋戏，成天往戏班子跑。

“研究这么久的布袋戏，有什么心得？”有一天，我问她。

“有有有！就是布袋戏偶跟人一样，要常玩！”

“这是什么意思？”

“意思是，你要以对真人的态度，来对待那些木偶；你要常玩它、常逗它，它才会高兴。”她咯咯地笑了起来，“老师，你相信吗？几个布袋戏偶挂在那儿，你很容易就能看出来，‘谁’

常被把玩，‘谁’又总被冷落。”

“常被玩的大概看来比较旧。”我不以为然地说。

“常被玩的比较有神。”她答。

再给你说个故事，大学时，我上国画大师黄君璧老师的课。

黄老师在教桌上一张张检视学生的作品，常常看到一半，抬起头，伸出手：“把你的毛笔拿来给我。”

学生赶紧回座位拿毛笔。

“把剪刀递给我。”黄老师又一伸手。

大家就知道，老师要修理毛笔了。

天哪！一支日本制的“长流”毛笔，要花掉学生十天的饭钱，黄老师居然用剪刀狠狠地剪去了笔尖的细毛。

“你的笔太新，点不出好的‘苔点’（山水画中通常点在岩石和树皮上的点子）。我帮你做旧。”黄老师一边剪、一边说。又叹口气：“唉！新笔容易得，老笔不容易得啊！真正好用的笔，还是得跟你几年之后，才成啊！”

“才成什么呢？”有一次我问。

“有神！”黄老师大声地回答。

我们常说：“读书破万卷，下笔如有神。”

这神，可能是神来之笔，因为“熟”，而生的“巧”。

这神也可能是一种气质，在自然间流露的神韵。

但是换个角度想，神不也可能来自那被读破的“万卷书”，和被我们用过千百遍的“笔”吗?

看看书柜里的书、笔筒里的笔，那里面是不是印了我们的手泽、染了我们的汗渍、藏了我们的岁月?

我常盯着书架看，想起“常弹的琴、常爬的树、常用的笔和常玩的木偶”。那些书是不是也因为我常翻、常读，伴我食，随我眠，而有神? 抑或它们还只是一本本冷冷的书，没有生命，早被遗忘?

我也想，有一天，我把这些书留给你，你会不会在上面读到我的眉批、看到我的“神”? 还有，你会不会也读那些书，把你的神灌注其中?

正因此，今天晚上，当我走进你的房间时，会突然问你：“你的书里有神吗?”

【谈应变】

好比你被坏人绑架去，你忍着，偷偷观察该怎么逃跑。又听妈妈给你的指示，好好睡、好好吃，等待时机来临……

小兔子跑了，你有什么好气呢？

谁让你不小心？谁让你手里拿着冰激凌，却把笼子打开？

小兔子是我大前天抓到的。

那天我接了长长的水管，为后院的杜鹃喷肥料，突然看见一个小小的灰影闪过，直直冲向矮墙，接着跳了下去。

我赶快扔掉水管，追过去看。看到一个小灰兔子躺在下面的水泥地上，大概摔了一下，晕倒了。

我摸摸它，它突然跳起来，冲向矮墙的一角，发现无路可逃，又转身朝台阶冲去。只是它太小，台阶高，差那么一点点，硬是跳不上。这时候，我大声叫你：

"快来呀！快来呀！一只小野兔。"

你立刻跑了出来，叫着："小野兔，好可爱的小野兔哟！"

又回头问："我能抓它吗？"

“当然可以！”

“可是怎么抓呢？它一直跳。”

“你把它往墙角赶，它跑不掉，就可以抓了。”

于是你伸长两只手臂，把小野兔堵到角落。

到了角落，小野兔还不死心，一个劲儿地跳，好像想跳上墙。跳了几下，它一定累了，不动了，但是跟着把头顶在墙角，想挖个洞钻进去。

看你蹲在它前面却不敢动，我只好过去把它抓起来。

一只好小好小的兔宝宝，抓在手上根本没什么重量。我看看它的脸，鼻子和嘴之间有一点红红的血迹，大概是刚才跳下矮墙时摔伤的。它先在我手里挣扎了一阵，但是当我摸摸它，它就不动了。于是我把它交给你，要你用双手捧着。

它居然也乖乖地不动，使你得意起来：

“爹地看！它喜欢我，我没抓它，它都不动，它好cute，我就叫它 Cutty 裘弟好了。”

一个晚上你都在管裘弟，一会儿拿草喂它，一会儿换成饼干，连犹太人过逾越节的薄饼也用上了。

可是兔宝宝都不吃。

“它大概还太小，是只小乳兔。”我说，“它要吃奶。”

于是你又用眼药瓶装牛奶喂它，但它也不吃。

只是你一个劲儿地说："它吃了！它吃了！它吃了一管。"

晚上，虽然妈妈不同意，在你的坚持下，我们还是把小裘弟留在屋子里。我先拿个保证它跳不出去的纸盒子，再在里面铺上一块绒布，把它放进去。

就这样，你有了一只小野兔的宠物，而且才隔天，你全班同学都知道了。

只是裘弟还不怎么吃东西。放进纸盒的饼干、野草和胡萝卜，它全没动。你八十岁的公公很感兴趣，一早就去看它，还放了好多蔬菜进去，它也没吃半口。

你开始操心了。正好园丁来，你要妈妈问园丁怎么养野兔。

园丁瞪大了眼睛说：

"啊！野兔啊！你养不活的。尤其小兔子，一定要妈妈照顾，但是母兔子从不留在小兔子身边，它一天回到小兔子身边四次，只喂奶，喂完就走。而且它只要回家看不到小兔子，就再也不会回去。"

下午你去学舞蹈，回程又要妈妈绕到宠物店，问店里怎么养野兔子。

"兔子啊！你可以在我店里买小兔子啊！何必去抓？抓来的一定不能养，它们太野了，而且就算你把它放回去，大兔子也不会要它。因为你摸过它了，它身上有人的味道，大兔子就不要这个宝宝了。”宠物店的人也瞪大眼睛说。

“怎么办嘛！怎么办嘛！”你回来哭丧着脸。

我也没办法，说实话，你上学的时候，我已经又喂它好几次，它就是不吃。我把牛奶挤进它嘴里，牛奶就从它鼻子里涌出来。最后没办法，我想还是把它放回原来的小树丛好了。可是你不愿意，说同学要来看，如果放走了，同学就会说你吹牛。

我灵机一动，把以前你养Pinky小白兔的笼子从车房搬出来，将裘弟放进去，再把笼子下面的托盘拿掉，放在草地上，让长长的草叶能伸进笼子里。

前天半夜，我拿着望远镜，从百叶窗缝里看小野兔在干什么。

天哪！居然有一只大野兔，正在围着笼子打转。小野兔则在里面跳来跳去，想要挤出来。

我还要妈妈来看，又怕你不信，用录影机把大兔子录下来。

妙的是，兔妈妈虽然没能救走小兔子，从昨天开始，小野兔居然开始吃草了。

使你高兴得又叫又跳，说同学都会好羡慕你。

果然，今天下午放学，你的好几个同学都来了。

不知是哪个同学的妈妈买了好多蛋卷儿、冰激凌，你们一人一个，围在笼子旁边，一面逗兔子，一边吃冰激凌。

“它很乖，它很爱我。”你说。接着打开笼门，让小兔子走出来。又说它叫“裘弟”，是男生，于是大家一起跟裘弟打招呼：“嗨！裘弟！”

没想到这时裘弟突然跳起来，像闪电似的冲过你们脚下，冲到台阶，而且居然一下子就跳上台阶，再奔过草坪。

你们几个人，一手拿冰激凌，一手去拦，怎么可能拦得住？只好眼巴巴地看它消失在树丛间。

好了！别生气了！你能怪谁呢？全怪你自己啊！谁让你那么不小心？

但是你再想想，你已经“秀”了小兔子给同学看，证明了你没吹牛。现在小兔子没像宠物店老板说的，被它妈妈弃养，它妈妈半夜还来看它，它能回到妈妈身边，你不是该高兴吗？

好比你被坏人绑架去，你忍着，偷偷观察该怎么逃跑。又听妈妈给你的指示，好好睡、好好吃，养足了精神，一有机会就出其不意地冲出去，跳过以前你跳不过的墙，重新获得自由。

你是不是由那小野兔的身上学到很多？

而且，以后你每次看后院的树丛，都会更有想象的空间了：

“看！我的小宠物裘弟就在那里面，还有它妈妈、它兄弟。我抱过裘弟，它好软好乖，躺在我手心，一动也不动。当然它也很聪明、很会装，所以它要走的时候，几个人都拦不住……”

【谈公益】

当我们感恩，觉得老天爷待自己太厚了的时候，报答上天最好的方法，就是去帮助那些老天爷忘记照顾的人。

今天晚上，我们看了一卷由图书馆借来的录影带——张艺谋导演的《一个都不能少》。

电影里演一个偏远山区的小学，只有一位老师和一班学生。老师有事请长假，不得不找代课老师。

那老师其实不算老师，她只是个十三岁的大女孩，长得很普通，一副憨厚农村女孩的样子。

原任老师临走，交了一盒粉笔在“大女孩”的手上，要她每天在黑板上抄课文给孩子念，又叮嘱了一句：“咱们这地方穷，人都往外搬，学生已经愈来愈少了，你要看好点儿，一个也不能少！”

就这么一句“一个也不能少”。大女孩看紧每个学生，唯恐有辱使命，当班上最皮的一个男孩，因为穷，不得不去城里打工的时候，这大女孩居然想尽办法找到城里。

她四处贴海报、到车站广播，都没回音。最后听说电视台最管用，居然天天守在电视台的门口，问每个进出的人："你是不是台长?"

一天天过去，她又饿又累，眼看不支的时候，终于被电视台台长注意到。

她真上了电视，哭着喊着要那小男生回来。

小男生看到了，全市市民也看到了。不但小男生回到学校，市民捐赠的东西也源源而至。在记者的报道下，涌来更多的关怀和善款，那所破旧的小学获得重建，整个山村的感觉都不一样了。

"我才不信他们学校原来会那么破，那根本就是演戏，演出来的。"看完电影，你说，"我才看过电视上播'江南第一村'，大陆小学的教室比我们的还漂亮。"

孩子！你讲得没错，我们那天看到的苏州外语学校，确实比你的学校讲究，但是你要想想中国多大啊！那里有很多高山、很多大河，还有无边的黄土高原。

你怎不想想，在那些偏远地区的小学会是什么样子呢?

我以前也跟你一样，不相信有那么穷的地方。直到前几年，去广西隆安县，探望一群孩子时，才惊讶地发现他们有多穷。

那时我由南宁出发，一路上先经过大片的红土地，看到像桂林一样秀美的山丘，可是山丘下面全是石灰岩块，连草都不容易生长。

我还过了一条大河。河水湍急，要用铁壳船才能横渡，过去之后就更荒凉了。

也就在那一片荒凉之间，有个小小的村子，村民都在路边拍手，还有小朋友组成乐队欢迎，到他们那个泥土夯成的校舍。

学校里有几十个穿着各色服装的孩子，衣服都是外面捐赠的。每个孩子都很淳朴，连致欢迎词的小朋友，都紧张得说不出话。

我跟孩子们聊天，问他们对未来的想法。有个孩子说，她希望能进中学，将来到县城里去读书。

我才经过县城，就问她："你常去县城吗？"

她居然摇摇头，说她从来没去过城里，因为有大河，过不去。

好！现在你想想电影里的情节，那代课小老师没钱买车票，不得不发动学生去搬砖凑钱，你认为是编的吗？

孩子！即使是台湾，在山村也有不少可怜的孩子啊！

当城市里外资涌入、工商发达，而变得富裕时。因为物价上涨，山村里的人就更跟不上了。

结果大人不得不进城打工。有的爸爸愈走愈远，再也不回家；有些妈妈离乡打工，看到外面的花花世界，也把家忘了。

剩下家里的孩子，跟着年老的爷爷奶奶，守着一片贫瘠的土地，你说！他们是不是更加可怜？

所以即使在台湾，山里的“原住民”都比城市人口短命，更甭说大陆那么大。

记得那天去隆安县山区小学的时候，是个大太阳天。我坐在讲台上，桌上铺着红布，太阳好亮、桌布好红，我眼睛都睁不开，直淌眼泪。

其实，如果没有太阳，我也会淌泪。因为想到你过得那么幸福。甚至当我回到城里，看到朋友请客，大盘叠小盘，满地都是只喝两口的矿泉水瓶时，都觉得心酸。

如果城里的人，每人省一口，矿泉水省几瓶，就能多让一个贫苦的孩子上学。当我们感恩，觉得老天爷待自己太厚了的时候，报答上天最好的方法，就是去帮助那些老天爷忘记照顾的人。

从那一天开始，我决定今后尽量不去我们资助的学校，免得他们敲锣打鼓地欢迎，要去也得偷偷去。

我也决定，捐出一定的版税，给台湾的慈善团体，并为大陆贫苦地区的孩子建希望小学。

孩子，如果爸爸妈妈的能力不足，希望你和哥哥也能把我们的这个梦想实现。

【谈亲情】

突然接到个电话，才匆匆忙忙地往家里赶，却像理查德一样，赶上个冷冰冰的尸体，只能在棺盖掀起时，见最后一面。

昨天半夜，你哥哥打电话回家。妈妈接起电话，哥哥才说了一句："妈妈我爱你！"就在那头哭了。

妈妈吓一跳，急着问发生了什么事。

哥哥说他没事，是他哈佛同学理查德出了事——

昨天，去台北玩的理查德才回旅馆，就接到美国佛罗里达的长途电话，说他妈妈因为心脏病猝死。

哥哥说理查德一下子怔住了，坐在床边，呆呆地看着前方，一句话也不说，只见眼泪止不住地滚下来。

哥哥赶紧为他改机票、订位子，明天一大早还得送理查德去机场。

从台北看，佛罗里达正在地球的另一边，而另一边理查德亲爱的妈妈已经冷冰冰的，等不及看儿子最后一眼，也没让儿子看最后一眼，就离开了这个世界。因为是心脏病突发，只怕死时连半个亲人都不在身边。

更令人伤恸的是，理查德的父母很早就离婚了，理查德是跟他妈妈相依为命地长大的。

可想而知，他们母子有多亲，当理查德进入哈佛大学时，他的妈妈有多欣慰；还可想而知，理查德的妈妈为了供儿子读哈佛，得多么辛苦地工作。

但是，理查德哈佛毕业了，没回佛罗里达，没回他妈妈身边，为了工作、也为了理想，他去了别的城市，而且一去就是十年。

我不知这十年间，理查德回过几次家，看过多少次妈妈。只知道从我们自己家想，你哥哥研究所毕业之后就去了台北，上一次见到妈妈，已经是一年多前。

怪不得哥哥在电话那头哭，说他有个最大的梦魇，就是有一天，突然接到地球另一边的电话，告诉他亲人的噩耗。

理查德母亲的死，再一次吓到你哥哥，所以哥哥哭了，急着说出他深藏心底许久，都不好意思说的“妈妈我爱你”，并且决定下个月回美国，陪我们一起去度假。

哥哥小时候，我们常带他出去度假，所以这次一定会勾起许多美好的回忆。只是，那回忆愈美好，唤起的亲情愈浓，就愈不舍，愈难别离。而回来没几天，哥哥为了工作，又得坐上飞机，横过北美和太平洋。

同样的，有一天你会告别娃娃的岁月、告别父母，告别生长了十八年的温暖的家，走向成年、走向大学，也——走向外面的世界。

于是，可能跟你哥哥一样，你翅膀硬了、飞了。而且一飞就是千万里。起初还有空就往家跑，渐渐只有逢年过节回来，再隔几年，眼界愈宽、理想愈大、目标愈远，你也愈走愈远，远得一两年才能回来一趟。

说不定直到有一天，突然接到个电话，才匆匆忙忙地往家里赶，却像理查德一样，赶上个冷冰冰的尸体，只能在棺盖掀起时，见最后一面。

孩子，每想到此，我们就多么矛盾哪！既希望你能飞得高、飞得远，又盼望总能见到你的影子。

既希望你常在身边，又怕羁绊了你的脚步。

正因此，我很羡慕你外公外婆，他们每天一大早就能见到自己的女儿。我也很羡慕你，每天从坐上妈妈的车，就开始絮絮叨叨地跟妈妈谈心。

我还总是悔恨，你奶奶在世的最后几年，没能多跟她聊聊，就算她听不见，而且不断重复说过的东西，但是能坐在她身边，靠靠她、贴贴她，也是好的。

再过不久，就是母亲节了，我更羡慕你和妈妈，都能戴上红色康乃馨，而我只能戴上白花，而且再也不可能有换红花的机会。

孩子！好好把握你还在家的岁月吧！帮妈妈做家事、跟妈妈学烹饪、对爸爸说说你的抱负……也让我和你妈妈好好盯着你的脸、握住你的手、摸着你的头、抓紧你的衣角吧！

然后你将飞翔，在我们双手的捧托下振翼、腾空，回头再回头、不舍再不舍，终于一扭头，直上云霄……

【后记】

永远不老的爱

自从两年前，我出版了《做个快乐读书人》，就接到许多读者的来信。信的内容差不多，都是说他们羡慕小帆，有我这么一个好爸爸。

也有读者说，我是他的偶像，不是像刘德华或李奥纳多那种，而是“偶像老爸”，甚至在信的一开头，不称我为刘老师，直接叫我“墉爸”。

还记得去年冬天，我在大陆的某个城市为读者签名，有个看来像大学生的女孩一直盯着我，露出很不平的表情说：“为什么我爸爸跟你是同一年生的，我爸爸看起来却比你老得多？”

在她的表情里，我感觉一种很复杂的情怀。她好像既怨我，又怨他父亲；还好像怨这个时代，害她父亲太辛苦。

当时我对她说：“不要怨，你的爸爸可能外表看起来比我老，但是你要相信他对你的爱，就像我对我女儿一样。一样那么深！”

可不是吗？我常想，如果我不写出《超越自己》那一系列作品，谁知道我对儿子“深深的期待”？如果我不写出《做个快乐读书人》，谁又能感受我对女儿“温温的爱”？

问题是，这世上绝大多数的父母，是不会把爱写出来的。于是“训了就训了”，孩子只觉得挨了训，十分伤心，甚至不平，却不知父母在严词之后，有多少殷切的属望。

换个角色，如果我成为她的父亲，却可能在训话之后，写出两千多字的文章，把自己的心灵摊在孩子面前，告诉他最重要的几个字：“骂归骂，其实都因为爸爸爱你。”

我给孩子写文章，总在事情发生之后，心平气和了，再动笔。我孩子读我的文章，就更是在事情之后了；不再与父亲面对面，而是面对父亲坦白的文字。

所以如果读者觉得我是模范老爸，而自己的不是，极可能因为自己的爸爸没写出来，极可能因为自己没有细细揣摩“老父的心情”。

哪个父亲不犯错？

哪个父亲不流泪？

只是父亲的错，别人见不到，却常被自己的孩子见到；自己父亲的泪，孩子见不到，是父亲偷偷一个人往肚里吞。

记得多年前，我看过一部描写印度黄包车夫生活的电影——《欢喜城》，拉黄包车的爸爸在大雨天，客人给他一笔车资，等着他找钱，他居然没找，转身跑了。

明明那车夫不对，可是不知为什么，我却暗自为他高兴。因为我知道他小女儿等着父亲买糖回家，他的大女儿等着父亲存足了钱买金饰，才能出嫁（印度一年有成千上万的少女，只因为等不到嫁妆而心碎自杀）。

自从看了那影片，我对每个亏待我的男人，都有了另一种想法。当我吃亏之后，常猜想："他家中一定也有等着他的孩子，在他回家时，扑到怀里，看他从口袋里掏出好吃的、好玩的……"

我是一个平凡的父亲，一个也会犯错、也会迷失、也会偷偷落泪的父亲，如同每个人的父亲一样。

在本书的结尾，我要告诉每位小读者，如果你觉得你爸爸对你不够好，怨你父亲没有像我这样，轻声细语地对你说话，很可能，你错了。

错不在他没表达，错在你没有去体谅。

试着去听听他的心声吧！

从父亲疲倦的脚步中，从爸爸汗湿的衣服间，从父亲大作的酣声里，甚至由爸爸火暴的眼神中，去探索他内心的挣扎与痛苦，去聆听他对你的深深的爱吧！

刘墉家书

图书在版编目（CIP）数据

少爷小姐要争气/(美)刘墉著.—北京：北京联合出版公司，2012.8（2018.10重印）

ISBN 978-7-5502-0960-2

Ⅰ. ①少… Ⅱ. ①刘… Ⅲ. ①成功心理－青年读物 ②成功心理－少年读物 Ⅳ. ①B848.4-49

中国版本图书馆CIP数据核字(2012)第188468号

少爷小姐要争气

出 品 人：王笑东
出版统筹：新华先锋
责任编辑：张　萌
封面设计：王　鑫
版式设计：李　萌
责任校对：孙小波

北京联合出版公司出版
（北京市西城区德外大街83号楼9层 100088）
北京雁林吉兆印刷有限公司印刷　新华书店经销
字数120千字　1092毫米×787毫米　1/16　13.5印张
2012年11月第1版　2018年10月第2次印刷
ISBN 978-7-5502-0960-2
定价：29.80元

本书若有质量问题，请与本社图书销售中心联系调换
电话：010-88876681 010-88876682

刘墉家书